集英社文庫

雪の降る音

おいしいコーヒーのいれ方Ⅳ

村山由佳

おいしいコーヒーのいれ方IV

雪の降る音◎目次

〈前巻までのあらすじ〉

高校三年生になろうという春休み、父親の九州転勤と、叔母夫婦のロンドン転勤のために、勝利《かつとし》は、いとこのかれん・丈《じょう》姉弟と共同生活をさせられるはめにおちいった。しぶしぶ花村家へ引っ越した勝利を驚かせたのは、かれんの美しい変貌ぶりだった。五歳年上の彼女を、一人の女性として意識しはじめる勝利。やがて、かれんが花村家の養女で、彼女が慕っていた『風見鶏《かざみどり》』のマスターの実の妹だという事実を知った彼は、かれんへの愛をいよいよ強める。一方、胸の内につらい秘密を抱えていたかれんも、自分を見守ってくれている勝利に、次第に心を開くのだった。

こうして始まった二人の恋だが、ファースト・キス以降、なかなか大きくは進展しない。大学一年の夏休み、勝利の母校で美術教師を務めるかれんと二人で、千葉の鴨川まで旅行する。二人だけでペンションに泊まったが、最後の一線を越えることなく、かえって二人の愛の絆が強まることとなった……。

雪の降る音

おいしいコーヒーのいれ方Ⅳ

WE'VE ONLY JUST BEGUN

1

コンコン、というノックの音に、ベッドに横になっていた僕はむっくり上半身を起こした。

「……どうぞ」

ドアが開いて、かれんの白い小さな顔がのぞいた。僕と目が合ったとたん、にっこりする。

「ショーリってば、ご飯よー」あいかわらずのおっとりしたアルトで、彼女は言った。

「母さんが呼んだの、聞こえなかった？」

「あ、ごめん、わかんなかった」

と僕は言った。

ほんとうは、佐恵子《さえこ》おばさんの呼ぶ声ははっきり聞こえていた。なのに聞こえないふりをして部屋で待っていたのは、そうしていればきっと、かれんが呼びに来てくれると踏んだからだ。思ったとおりだった。

「かれん」

「ん?」

「………………」

いつかのように、黙って手招きする。

けれど彼女は、ポッと頰《ほお》を染めて上目《うわめ》づかいに僕を見ると、口の形だけで（だーめっ）と言って、またキッチンのほうへ戻っていってしまった。スリッパの音が、ぱたぱたぱた……と遠ざかる。

「……ちぇ」

取り残された僕は、しぶしぶ立ち上がった。

家にいる以上、こんなときしか二人きりになれるチャンスがないってのに、おまけに今夜は親父《おやじ》からあんな電話があったせいか妙に人恋しい気分だってのに、なんで(だーめっ)なんだよ、と思ってみる。いいじゃないか、たまのキスくらい。へるもんじゃなし。

しかたなく部屋を出てキッチンへ行き、晩飯のテーブルに着こうとすると、かれんの弟の丈《じょう》は、ほかの家族が座るのなんか待たずにさっさと自分だけ食べ始めていた。ものの一分が待ちきれない空腹感は、僕にも覚えがある。中三の頃《ころ》は僕だって、一日に飯を五回食っても足りないくらいだった。

後ろでコトン、コトン、と、なんだか不器用な包丁の音がする。

(おばさん、よそ見でもしながら刻んでるのかな)

そう思いながらふり返ると、驚いたことに、まな板に向かって漬物《つけもの》と格闘しているのは、かれんだった。長い髪をひとつに束ねた後ろ姿の一生懸命さといったら、まるで手術中の外科医みたいだ。刻んでいるのはタクアンらしいが、今にも指まで刻んじまうんじゃないかと心配で、すぐにでも代わってやりたくなる。だいいち、僕がやったほうが百倍は早い。

でも、口と手を出す前になんとか思いとどまった。かれんに台所のことをさせているのは佐恵子おばさんなのだから、そういうお節介《せっかい》はよけいなお世話でしかない。

花村《はなむら》のおじさんを赴任中のイギリスに残して、佐恵子おばさんが一時帰国して以来、ようやく一か月半がたとうとしている。夏休みも、あと一週間を残すだけだ。

でも、この夏の間にかれんが覚えたのは、せいぜい飯の炊き方と、味噌汁《みそしる》の作り方と、ホウレンソウのゆで方くらいのものだった。かわいそうに、どうやら先天的に料理の才能がないらしい。

それでもおばさんとしては（遅ればせながら）、なんとかして娘にひととおりの家事を教えこみたいに違いないのだ。――いつか嫁にやる日のために。

べつに家事なんかうまくできなくたって、俺《おれ》なら気にしないんだけどな、と思ったが、そんなことが口に出せるはずもなかった。何しろかれんは二十四歳の社会人、こっちはまだ十九歳の学生にすぎないのだから。

と、ふいに丈が、

「なあ勝利《かつとし》」

と言った。わざわざコロッケを口いっぱいに頬ばってから、続きをしゃべりだす。

「ひゅーばふ、くーひゅーおおやいはんほこえ……」

「なんです、お行儀の悪い」と佐恵子おばさん。

首をすくめた丈は、口の中のものを味噌汁で飲み下してから言い直した。

「週末、九州の親父さんとこへ行ってくるって？」

「あ、うん」

「なんでまた急に？」

「その……さっき電話があったんだ。これだけ長い休みに、いっぺんくらい親の顔を見に来ようって気はないのかって。どうやらちょっとひがんでるみたいだから、慰めに行ってきてやろうかと思ってさ」

親父の電話を切ってから佐恵子おばさんに向かってついたのと同じ嘘《うそ》を、僕はもう一度くり返した。

本当の事情なんて、たとえ仲のいい丈にだってまだ言えやしない。いわんやおばさんにおいてをや、だ。親父が僕を呼び寄せて何を相談したがっているか、今おばさんが知ったら、きっとどえらい騒ぎになってしまう。

「一人で行くわけ?」と丈。

「そのつもりだけど」

「本当は母さんも一緒に行って、部屋の大掃除でも手伝ってあげたかったんだけどねえ」事情を知らない佐恵子おばさんは、丈におかわりをよそってやりながら言った。「男ヤモメの一人暮らしで、どうせ汚くしてるに違いないんだから。だけど、福岡ともなるとやっぱり遠いし、こっちはこっちで帰りの支度もあるし……。ねえ勝利、くれぐれも正利《まさとし》さんによろしく言っといてちょうだいよ」

わかってる、と僕は答えた。おばさんが一緒に来ると言い出さなかったのでほっとしていた。

「案外さあ、掃除なんか必要ないかもよ」と、丈が言った。「おやっさん、ちゃっかり向こうでオンナ作っちゃってたりして」

「これ、丈！　つまんないこと言うんじゃないの！」

「なんだよ、冗談だってばよー」

「あんたって子はもう……」

佐恵子おばさんが叱《しか》っているそばで、僕はポーカーフェイスを装うのに必死だった。丈のやつ、いつもながら、なんでこう勘が鋭いんだろう。

じつをいうと、図星なのだった。親父は、いい年こいて、さっきの電話でこう宣《のたま》ったのだ。オ前ニ弟カ妹ガデキルト言ッタラ、ドンナモノカナア、と。

僕ははじめ、耳を疑った。何かの間違いだと思い、それから、さては親父のやつウケを狙《ねら》って冗談を言っているんじゃないかと思った。

でも、結局そのどちらでもなかった。親父は、さすがにちょっと困惑していたみたいだけれど、正真正銘《しょうしんしょうめい》の大まじめで話していた。

僕と親父は、おふくろが脳溢血《のういっけつ》で死んで以来十年間（つまり去年の春まで）、ずっと二人っきりで暮らしてきた。おふくろの妹にあたる佐恵子おばさんや、ときにはお隣の家のおばさんとかお姉さんなんかがあれこれ面倒を見てくれたりもしたが、小学校の高学年になる頃には、僕は家事のほとんどを自分でやるようになっていた。毎日、二人ぶんの飯を作り、洗濯も親父のぶんまでしてやった。

それが過保護すぎたらしい。そのせいで親父は、五十歳も目の前だというのに、いまだに自分のことが自分でできない。どうせ単身赴任先の福岡でも、押し入れいっぱいに洗濯物をためこんでるんだろうし、流しには汚れた食器が山盛りで、三角コーナーの生ゴミに七色のカビがはえてたりするんだろうなあ、などと思っていたのだが……なんのことはない、コドモまで作ろうってくらいだったら、相手の女の人に何から何まで世話を焼いてもらっているにちがいない。

ったく、ドンナモノカナア、が聞いてあきれる。

そりゃあ僕だって、おふくろが生きていた頃は、兄弟が欲しいと思ったこともあった。サンタクロースに何をお願いするのかと訊《き》かれて、「おとーと！」と叫び、大人たちに爆笑されて憤慨した思い出もあるくらいだ。だけどいくらなんでも今になって――ひとりっ子を十九年もやってきた今ごろになって、弟だの妹だのといきなり言われても、そう簡単に答えられるわけがないじゃないか。

心の中で舌打ちをする。

丈の言いぐさじゃないけれど、息子のいない隙《すき》に「ちゃっかり」やることだけはやってたなんて。

心配して損したというか、ばかばかしいというのか、要するに、なんだかやりきれない気分だった。今さらヤキモチを焼くような歳《とし》ではないし、親父が再婚することに反対するつもりもさらさらないが、せめて、もうちょっと前の時点で話してくれたってよかったんじゃないか？　というのが偽《いつわ》らざる心境だった。あまりにも水くさい。

やっとのことでタクアンを端まで刻み終わったかれんが、器をテーブルの真ん中に置いたのを合図に、佐恵子おばさんは自分も腰をおろした。

「でも、ちょうどよかったわ」とおばさんは言った。「ロンドンから送った荷物も先週ようやく着いたところだし、これからお土産《みやげ》やら何やらをまとめて正利さんとこへ送ろうと思ってた矢先だったの。勝利、ついでに持っていってくれるでしょ。それとも、荷物多いかしら？」

そうでもないよ、と答える前に、丈が言った。

「姉貴が一緒に行ってやりゃいいじゃん」

「えっ？」と、かれん。

僕のほうは、びっくりして言葉すら出なかった。

「なあ勝利、そう思わねえ？」飯をかっこみ、茶わんの陰から僕を見て、目だけでニッと笑いながら丈は続けた。「ほーへがっほわ……」

「こーれ！」

「……どうせガッコは休みなんだしさ」

茶わんを口から離したとたんにまじめな顔に戻っているところなんか、たいした役者ぶりだ。

「あ、オレはダメだぜ。一応ほら、受験生だから。でも姉貴は確かこないだ言ってたじゃん、担任のクラス持ってないと、たいした準備がなくて楽だとかって。なら、勝利と一緒に福岡行ってさ、荷物持ちでも掃除でも手伝ってやりゃいいんだよ。そうすりゃ、おふくろの代理ってことでカッコもつくしさ」

「そーおねえ」と、佐恵子おばさん。「あんたもたまにはいいこと言うわねえ」

「たまにはだけよけいだってば」

「でもかれん、あなた週末、ほかに用事ないの？」

「え、私は……べつに……ひまだけど」

平静を装いながらも、僕のほうを見ないようにしているのがわかる。

「その歳で週末がひまって、なんか寂しいよなあ姉貴」

「うるさいなぁ」

かれんは弟をげんこつでぶつまねをしたが、丈のやつはニヤリと笑って軽くそれをかわし、ここぞとばかりにダメ押しをしてみせたのだった。

「和泉《いずみ》のおじさん、昔っから姉貴のこと可愛《かわい》がってたもんな。久しぶりに顔見せてやったら、きっと、すっげー喜ぶんじゃねえ？」

2

ごみごみした東京の街を通り抜け、新横浜《しんよこはま》をすぎてしまうと、車窓の風景はいきなりひらけて、遠くに青い山並みが見え始めた。

一面、緑のじゅうたんがひろがっている。どこまでも続く田んぼの上に、夏の雲の落とす影がまだらに映っている。日ざしの強さのぶんだけ、影は濃い。

外にくらべると、車内は寒いくらいに冷房が効《き》いていた。さすがに飛行機なんて身分ではないので、かれんと僕はいま、新幹線の禁煙車両に並んで座っている。東京から博多《はかた》まで、えんえん六時間の旅だ。一人ならうんざりしたろうが、彼女と一緒なら屁《へ》でもなかった。

「んっくしゅん！」

窓側の席で、かれんがくしゃみをした。

「寒いか?」

「ううん、大丈夫」

「うそつけ、鳥肌たってるじゃないか。何か上に着るものないのか?」

「あるけど……」

「何」

「あみ棚の上なの」

僕は立ち上がり、かれんの旅行バッグをおろしてやった。

中から薄手のカーディガンをひっぱり出して、淡いブルーの半袖《はんそで》ワンピースの上からはおると、彼女はホッと息をついた。

「おろしてほしけりゃ早く言えばいいのに」と僕は言った。「なんかお前、ここんとこ俺に遠慮してないか?」

ここんとこ、というのは、鴨川《かもがわ》での一泊旅行から戻ったあとという意味だ。あの旅行の前なら平気で僕に頼んでいたような用事も、戻ってからのかれんは、できるだけ自分一人で片づけようと無理しているように見えた。

「べつにそんなことないわよ」と、彼女は言った。「ショーリの考えすぎよ」

僕を見て、いつもみたいにニコッと笑う。その顔を見るたびに、僕は、難しいことなんかどうでもよくなってしまうのだった。

鴨川で一晩二人きりになって、ひとつのベッドで抱き合って、でも結局最後まではできないまま、次にこんな機会がめぐってくるのはいったいどれほど先だろうと内心暗い気持ちになっていたのに……なんという幸運だろう。今夜泊まるのは親父の住んでる社宅だから、どうせ寝る部屋も別々だろうけれど、それでもこうして二人で遠くまで旅行できるというだけで、ものすごくドキドキした。なんだか駆け落ちみたいな気分だった。

ちらりとあたりを見まわす。

通路を隔てて左側、窓際の席にいる中年のサラリーマンは、さっきから週刊誌を読んでいて、めったに顔を上げない。ここが一番後ろの列だから、ほかに人目はない。

僕は、かれんの左袖をクイクイと引っぱった。

「ん？　なあに？」

何気なくこっちを見た彼女は、僕の目を見て口をつぐんだ。

僕がもう一度袖を引っぱると、かれんははにかむような困ったような顔で笑ってクシュッと鼻を鳴らすと、膝《ひざ》の上に置いていた左手をそろりそろりとずらせて僕らの間のシートに置いた。そのまま、外の風景を眺めるふりをしている。

僕のほうは、視界の隅にサラリーマンを入れて前を向いたまま、手を右へずらし、シートの上をまさぐって彼女の手を見つけ、上からすっぽり包みこんだ。

いつも思うことだけれど、かれんの手の甲は信じられないほどなめらかだった。今は少し冷たい。

ゆっくりと、指先に力をこめていく。かれんの華奢《きゃしゃ》な指が、僕の手の中でしなる。

ふと、彼女が身動きをした。痛かったのかと思って慌《あわ》てて力をゆるめると、彼女の手がくるりと裏返って、てのひらが上を向いた。僕と手をつなぐ形になる。

体じゅうを、熱い血が駆けめぐった。

もう一度、力をこめていく。かれんは、おずおずと握り返してくれた。いつかのひよこ公園の夜みたいに。

「……丈のおかげだな」

と僕が言うと、かれんはこっちをふり返って、

「……ん」

こくんとうなずいた。

あいつには、またしばらく頭が上がらないな、と僕は思った。丈のやつは、生意気にもちょくちょくこうして僕とかれんの仲をとりもってくれる。僕らイトコ同士三人が、ひと

つ屋根の下で暮らし始めた当初からそうだった。

じつをいうと彼は、かれんが自分のほんとの姉じゃないってことを知っている。何年か前、花村の両親が夜中にそっと話しているのを聞いてしまったのだそうだ。知っていてなお僕以外の誰にもそのことをしゃべろうとしないあたり、丈のやつもなかなかどうして、やるじゃないかと思う。

そもそも半年前、かれんに対する気持ちをもてあましている僕にハッパをかけて（だまして？）強気に出るようにしむけてくれたのは丈だった。この夏の初めごろ、風邪《かぜ》をひいたかれんが二階で寝たきりだったときなどは、なんとか僕らが二人になれるようにと佐恵子おばさん相手に芝居を打ってくれたりもした。

もちろん、一〇〇パーセント親切心からってわけじゃない。そうして御膳立《おぜんだ》てだけしておいて、こっそりドアの外で立ち聞きなんかしようとするし、オクテすぎるかれんにてこずっている僕を、横から眺めて面白《おもしろ》がってるようなところもある。おまけに口は悪いわ、中三とは思えないくらいマセてやがるわ、ぐーたらだわ、せっかく僕が掃除をしたすぐあとを遠慮のかけらもなく汚してまわるわ……。

それでもなぜか憎めないというのはもう、やつの人徳ってものかもしれない。なんだかんだ言っても僕は丈が好きだったし、相談相手としてもけっこう頼りにしているのだった。

ちなみに、今回の協力の見返りとして丈が要求してきたのは、例によって「ピンクの札」、それも今回は五枚だった。僕は「三枚にしろ」と値切り、結局、四枚ということで落ち着いた。ピンクの札というのは、レンタルビデオ屋で十八禁ビデオにつけられている貸し出し札のことだ。要するに、そういうのが見たい盛りの丈の代わりに僕がそれを借りてレンタル代をおごってやる、ということだった。

僕だってべつに見たくないわけじゃないから、借りてやるのはかまわないのだが、今度借りるときは絶対に、星野《ほしの》りつ子がレンタル屋でバイトしてない日を選ばなくちゃいけない。過去の失敗から学ばない人間のことを、「ばか」と呼ぶのだ。

と、いきなり後ろの自動ドアが開き、僕らはパッと手を放した。

「おそれいりますが乗車券・特急券を拝見致しまぁす」

悪いことなんか何もしてないのに、心臓がばくばく暴れている。隣のかれんも同じらしい。

「はい、おそれいりまぁす」

僕から切符を受け取った車掌はホチキスみたいな形のスタンプでそれをはさみ、続いてかれんに手を差し出した。

見ると彼女は、今ごろ慌ててバッグをごそごそやっているところだった。

「ごめんなさい、お財布にしまったんですけど……」

その財布が見つからないらしい。

「いいですよ、ごゆっくり」

車掌は先に反対側のサラリーマンから切符を受け取り、スタンプを押した。それでもまだかれんが財布をさがしているので、とうとう前の席の客のほうへ行ってしまった。

僕ら二人ぶんの旅費は、佐恵子おばさんが出してくれた。もちろん僕としては、一応遠慮したのだ。向こうで親父に会ったら返してもらえることになってるから、と正直に言ったのだが、おばさんは、それはそれで黙ってもらっておけばいいじゃないの、と上機嫌だった。丈だったらきっと、私にも黙って両方からもらっとこうとするわよ。そのへん、勝利はやっぱりさすがねえ。

ひと月半前にイギリスから戻ってきたとき、てっきり廃墟《はいきょ》と化していると思っていた家が、隅々まできれいに保たれていたのがよほど嬉《うれ》しかったらしい。主夫業を一手に引き受けていた僕の株はいきなり上がって、おばさんは今や僕に全幅《ぜんぷく》の信頼を寄せているのだった。

せっかくの好意を無にしてもいけないので、ありがたく受け取っておくことにした。こういうときだけは、おばさんが帰ってきててラッキーだったと思うあたり、僕も節操《せっそう》がない。夏休みの間じゅう、かれんとの時間をじゃまされたくないあまり、一日も早くロンドンへ戻ってくれないかと、そればっかり望んでいたというのに。

かれんがようやく財布をさがしあてた。中から切符をひっぱり出す。

「ほらね、あったあった」

彼女は嬉しそうに言った。

「どうせ調べに来るってわかってんのに、なんでそんなとこへしまいこむんだよ」と僕は言ってやった。「だからさっき、俺がまとめて持っててやるって言ったのに」

「いいの」と、かれん。「自分のことはなるべく自分でしなきゃと思って」

僕はびっくりした。「なんだよ、急に」

「だって私ったら、前は自分一人でできてたことまで、この頃ではショーリに頼ってばっかりなんだもの」

「いいじゃないか、頼れば。俺は全然いやじゃないぜ」

それは嘘だった。いやじゃないどころか、頼られれば頼られるほど嬉しいくらいだった。もっと頼ってほしいくらいだった。

けれど、何を思ったのか、かれんは言った。

「ううん、だめよ」

通路を戻ってきた車掌に切符を渡し、返してもらった彼女は、再び車掌が行ってしまうのを待ってつぶやいた。

「お願い、ショーリ。私のこと、あんまり甘やかしすぎないで」

3

とつぜんらしくないセリフをかれんが言うものだから、僕の頭の中はぐるんぐるん渦《うず》を巻いてしまった。

彼女の声が、まだ頭の中でこだましている。

いったい、どうしていきなりそんなことを言いだしたんだろう？　かれんが遠慮なくわがままを言える相手はこの僕だけだという自負こそが、僕にとっての勲章だったのに。彼女がほかの誰にも見せない顔を僕にだけは見せてくれるからこそ、五つという年の差をなんとか気にしないでいられたのに。

問い詰めようと思えばできたはずなのだが、僕はそれをしなかった。情けない話だけれど、このうえ何を言いだされるかと思うと、怖くて訊《き》けなかったのだ。

「ショーリも、福岡初めてでしょ？」

まったく何もなかったみたいに、かれんは言った。

「うん。親父の引っ越しのときにも行かなかったもんな。俺、本州から出たことないんだ。海の手前の山口までなら行ったことあるんだけど」

「いつ頃?」

「ずっと前さ。小学生のとき。うちの隣に住んでた家が、山口の出身でさ」

「あ、覚えてるわ」かれんは懐かしそうな声をあげた。「あの、和泉のおばさまのお通夜《つや》のとき、手伝いにみえてた人たちでしょ? 小柄で上品な感じの奥さんと、たしか大学生と高校生くらいの娘さんが二人いなかった?」

「お前、よく覚えてんなあ」

「まあね」と、かれんは胸を張った。「記憶力には自信あるの」

「そうだよな」と僕は言ってやった。「けっこう根にもつタイプだもんな」

彼女は僕の脇腹《わきばら》をひじでこづいた。

「だってほんとのことじゃないか。怒ると長いしさ」

ちょっと意地悪を言ってやりたい気分だったのだ。

「んもう」口をとがらせて、かれんは言った。「それで?」

「うん? ああ……それで、あの翌年の夏休みに、つまり俺が三年生のときだけど、隣のおばさんが誘ってくれたんだ。『花火大会があるから、一緒にうちの田舎《いなか》へ遊びにおいで』って。それが新幹線初体験」

「和泉のおじさまも一緒？」

「いや、親父は仕事で抜けられなくて、結局俺一人」

通りかかった車内販売のワゴンからオレンジジュースを買ってかれんに渡しながら、僕は続けた。

「でかい農家だったな。隣のおばさんの実家だったと思ったけど。でほら、あの高校生のほうの姉ちゃんが、俺のことえらく可愛がってくれてさ。生まれたばっかりの子犬抱かせてくれたり、プールとか遊園地とか、あっちこっち遊びに連れてってくれたっけ」

プルトップを開けるのに苦労しているかれんの手から缶を取り、一発で開けて返してやる。

「……どうしてるかな、あの姉ちゃん」

「お隣にはもう住んでないの？」

「うん、だいぶ前に一家で山口へ戻った。俺が中学に上がった年だから、そうか……もう六年にもなるのか」

ふいにかれんが、

「わかった」

オレンジジュース片手に、いたずらっぽい目で僕をにらんだ。

「何が?」

「うふふふふ……」

「何がわかったんだよ」

「そのお姉さん、ショーリの初恋だったんでしょう」

「ばっ……」自分の顔がカッと熱くなるのがわかる。「ばか言うなよ。そんなんじゃないよ」

「そーお?」かれんはくすくす笑った。「じゃ、そういうことにしといてあげる」

「だから、違うって言ってるだろっ」

「はいはい」

新大阪を出たあたりで幕の内弁当を食べ、食後に缶入りのウーロン茶をわけあって飲んで、それからかれんが提案したのはなんと、しりとりだった。旅といえばしりとりよ、と言い張るのだ。

「いったい幾つだよ、お前」

「いいじゃないの」とかれんは言った。「そうねえ、イズミカツトシの『し』でいきましよう。いい、私からね？　……はい、『シーツのしわのばし』」

「おい」

「早く、ショーリの番よ。5・4・3・2……」

「『シイタケのだし』」

「あなたもそうとう意地悪ね。しーしー……『新郎新婦のお色直し』」

「人のこと言えんのかよ。……『白いパンツが裏返し』」

「えっち。しー……『シーラカンスの一夜干《いちやぼ》し』」

「なんだそりゃ。……『しみじみかゆいインキンタムシ』！」

「やめてよー。……『七福神《しちふくじん》の立ちばなし』！」

「……『シースルーのふんどし』！」

「『司馬遼太郎《しばりようたろう》の寝ぐせ直し』！」

「『静御前《しずかごぜん》のオッペケぺぶし』！」


しばらくするとかれんは、すやすやとお得意の居眠りを始めた。

僕はといえば何もすることがなかったので、窓の外を見ているようなふりをしながら、その安らかな寝姿を眺めていた。

通った鼻すじ。ふっくらとした唇。

なめらかに透《す》きとおった、お雛《ひな》さまみたいな頬。光に透ける長いまつげ。

華奢な鎖骨《さこつ》の上に落ちかかる髪のひとふさ。膝の上からぱたりと落ちた手のかたちや、その指の先に並んだ桜貝みたいな爪《つめ》……。

連日の暑さに疲れが出たのか、彼女はずいぶんよく眠り、やがて再び目を覚ました頃には、博多はもうすぐそこだった。

(まいったな)

スピードをゆるめはじめた列車のあみ棚から荷物を下ろしながら、僕は唇をかんだ。

かれんが一緒だということを親父が知ったのは、ゆうべの電話でだった。

当然、親父は慌てまくった。このさき再婚なんてことになれば、いずれ親戚《しんせき》じゅうに話さなければならないに違いないのだが、今のところはまださっぱり心構えができていなかったらしい。かといって、かれんに来るなというわけにもいかない。

「弱ったなあ……いやしかし、弱ったなあ……」

電話の向こうで親父がくり返すのを聞いているうちに、僕は、それまで親父の水くささに腹を立てていたにもかかわらず、つい同情してしまった。

そうしてフッと肩の力を抜いて考えてみれば、これは実際、いい話には違いないのだった。

十年ものあいだ男ヤモメを通してきた親父だけれど、人生はまだようやく半《なか》ばにさしかかったばかりだ。これから先の長い年月を思えば、一生を共に歩いていける女性が見つかるに越したことはない。僕に母親はもう必要ないが、親父に伴侶《はんりょ》は必要だろう。

そう、これは親父自身の問題なんだし、お互いに一応オトナなんだから、僕がとやかく言うべきことじゃない。いくら息子だって親の幸せを妨害する権利なんかないのだ。だいいち、僕にしてもいきなり弟だの妹だのと言われたから驚いてしまっただけで、そうでなければ最初からもっと素直に喜んでやれたはずなのだ。

そんなわけで、僕はとうとう親父に請《う》け合《あ》ってしまったのだった。

「わかったよもう。かれんにだけは俺が前もってうまく話しておくから、そうクヨクヨすんなよ。おめでたい話なんだしさ」

でも、新幹線がホームにすべりこもうとしているこの期《ご》に及んで、僕はまだかれんに何も話せずにいる。

(じつは親父に好きな人ができて、その人いま妊娠三か月目なんだ)

言葉にすればこんなにシンプルなことなのに、どうしてこう切りだしにくいのだろう。どうしてこんなに変に意識してしまうのだろう。

もしかするとそれは、僕が男で、かれんが女だからなのかもしれなかった。もっとはっきり言うなら、僕が本当はかれんを抱きたくてたまらないから……親父がその相手の女性にしたのと同じことをかれんにしたくて、もうほとんど我慢の限界まで来ているからなのかも……。

「……リ。……ショーリってば」

ハッと我に返ると、かれんが座ったまま僕のTシャツのすそをひっぱっていた。あみ棚に手をついてぼんやりしていた僕を、明るい色の瞳《ひとみ》をまぶしそうに細めて見上げている。

「どうしたの?」

べつになんでもないよ、とごまかす代わりに、僕は言った。

「『シルベスター・スタローンの恩返し』」

かれんがプッとふき出した。「やだもう、ずっと考えてたの—?」

あみ棚から残りの荷物(佐恵子おばさんから預かってきたイギリス土産の紙袋二つ)をおろし、僕は窓の外をのぞいた。

列車はホームに入り、もうほとんど停車しかけていた。ここが終点のせいか、乗客はみんなのんびりしていて、出迎えの人たちと窓越しに手をふりあったりしている。

「おじさまとは、どこで待ち合わせ?」

「会社の近くの喫茶店」

ブレーキで前のめりになった車両が、反動でわずかに揺れてもとに戻る。

「ほら、貸せよ、そのバッグ」僕は手を差し出した。「重いだろ？　お前はこっちの紙袋のほう持てよ」

「ううん、大丈夫」かれんはにっこり、でもきっぱりと微笑《ほほえ》んだ。「自分の荷物くらい、持てるわ」

「……ふうん」

僕はスポーツバッグと紙袋を二つ持って、先にホームに下りた。

とたんに、もあっと蒸し暑い空気が体を包む。何時間もじっと座っていたせいで、体のふしぶしが痛い。

(甘やかさないで、か)

ふと、数週間前の初デートのことが頭に浮かんだ。大学の購買部で分厚《ぶあつ》いノートをしこたま買いこんで、重いのを全部ちゃっかりヒトに持たせたのは、どこのどいつだよ、と思ってみる。

まったく、女ってのはこれだからワケがわからない。

4

初めて訪れる博多は、僕が勝手に想像していたのよりもはるかに近代的な大都会だった。いや、近未来的と言ったほうがあたっているかもしれない。

あっちにもこっちにも真新しいビルが建ち並び、大型のショッピングセンターやアミューズメント施設がひしめきあっている。かれんの持ってきたガイドブック（博多行きが決まったとたんに駅前の本屋で仕入れてきたらしい）によれば、そういった複合ビルのほとんどは数年の間にたて続けにオープンしたものだった。

電話で親父に言われたとおり、駅前からタクシーに乗ると、車はものの五分ほどで目的の場所に着いた。

降り立った僕らの目の前にでんとそびえていたのは、深いブルーのタイル張りのビルだった。巨大な鏡のような一面のガラス窓に、空や、雲や、あたりのビルがくっきりと映りこんでいる。

隣に建つもうひとつのデパートとの間はアーケードで結ばれていて、かまぼこ型のガラス屋根に覆われた細長い広場の両側には、コジャレた雑貨屋だのカフェだのがずらりと軒《のき》を並べていた。まるでヨーロッパみたいだ。……行ったことないけど。

「わぁ、楽しそうなところねえ」かれんはすっかりはしゃいだ様子で、あたりをきょろきょろ見まわした。「あっ、ねえショーリ、待ち合わせのお店ってあそこじゃない？」

指さすほうを見ると、確かに二十メートルほど先に、親父が言っていた喫茶店の看板が見えていた。

「行こ」

さっそく歩き出そうとするかれんを、

「待てよ」

僕は思い切って呼び止めた。

人混みの中で、かれんがふり返る。青いワンピースのすそがふわりと揺れた。

「話があるんだ」

「え……」かれんは目を丸くした。「いま？」

「うん。いま」

待ち合わせの時間まではまだ五分くらいある。やっぱり、言わないですますわけにはいかない。

僕の真剣さに気づいたのか、かれんは不思議そうにそばへ戻ってきた。

「なあに?」

「……じつはさ、」

そのときだった。かれんの視線がパッとそれて、僕の肩越しに後ろへ注《そそ》がれた。あ、やばい、と僕が思うのと、彼女が「おじさま!」と呼ぶのとは同時だった。

僕は、ゆっくりとふり向いた。

一年と数か月ぶりに会う親父は、僕と目が合ったとたん、まるでいたずらを見つかった子供みたいな顔で、なんだかすまなそうに笑った。

その晩、僕らは外で食事をし、それから親父のマンションに帰った。会社からあてがわれた社宅だが、狭いながらも一応2LDKだ。六畳と四畳半の和室、それにカーペット敷きのリビングとフローリングのダイニングキッチンがあわせて十二畳ほど。

前の住人は家族連れだったらしい。リビングの壁の下のほうには、子供の落書きの跡がどうしても消しきれずにうっすら残っていた。

でも、さすがに部屋の掃除は必要なかった。洗濯物もたまっていない。親父が自分でするはずはないから、やっぱり相手の人がマメにやってくれてるんだろう。

「いい部屋じゃないか。日当たりもよさそうだしさ」ぐるっと見てまわったあとで、僕は言った。「二人とも、そっちに座ってなよ。コーヒーいれてやるから」

　そういえば、〈料理をしない男の家にみりんが置いてあったら、女がいる証拠だ〉なんて話を聞いたことがあるけれど、みりんどころか、キッチンにはスパイス類や自然塩、料理用の赤ワインからフランス製のホーロー鍋《なべ》にいたるまで、あらゆるものが整然と並んでいた。

　もちろんコーヒーだってインスタントじゃなく豆が用意してあったし、電動のミルや、カリタの濾紙《ろし》もあった。さすがに『風見鶏《かざみどり》』でいれるときみたいにネル・ドリップというわけにはいかなかったが、これだけそろっていれば、そこそこおいしいコーヒーがいれられる。

　やかんを火にかけている間に、さっき帰ってきてすぐ入れたクーラーがようやく効いてきた。

　温めておいたカップに、最後の一滴までていねいに落としたコーヒーを注《つ》いで、リビングのテーブル（じつはコタツ）の前に座っている二人のところへ運んでいく。

「お、来たか」スーツからポロシャツに着替えた親父が言った。「お前にコーヒーをいれてもらうのも久しぶりだな」

　僕はかれんの隣に腰をおろし、親父にならってあぐらをかいた。

「あのキッチンの様子じゃ、もうほとんど一緒に暮らしてるとみたな」

と言ってやると、親父はハハハ、と苦笑いしながらコーヒーをすすった。

「あの……おじさま」カップを手の中に包みこんで、かれんが言った。「ほんとにごめんなさい」

「ええ？　何が？」

「私ったら、こんな事情だなんてちっとも知らなくて、のこのこくっついてきちゃったりして。ほんとは、ショーリと親子水入らずで話したかったんでしょう？」

「お前があやまることないって」と、僕は言った。「べつに知られて困ることでもないしさ。それに、俺がちゃんと話しとかなかったのがいけないんだから」

「そうとも、あやまるのはこっちのほうだよ。びっくりさせてすまなかったなあ」

夕方ばったり会ったあと、僕らは予定通り喫茶店に入ったのだが、親父と僕の口からコトの成り行きを聞かされたときのかれんの驚きようといったらなかった。

でも、彼女のほうが僕よりずっと柔軟だった。最初の驚きからさめると、親父のためにほんとうに心から喜んでくれたのだ。

「おじさま、もう一度父親になるってどんな気持ち？　ショーリの時を思いだす？」

「それがなあ、まださっぱり実感がわいてこないんだ」

僕だってそうだ。兄貴になる実感なんてさっぱりわいてこない。

「それよりさあ、どんな感じの人なんだよ」と、何度目かで僕は言った。「一緒に撮った写真ぐらいないのかよ」

「ない」と、言下《げんか》に親父は言った。「そんなもの、この歳《とし》でヘラヘラ並んで写せるか」

「今度こっそりプリクラでもやってみれば」

「ばかもん！　そのへんの助兵衛《すけべえ》な中年どもと一緒にするな」

「……親父、それ、もしかして、テレクラと間違えてないか？」

「どう違うんだ？」

笑いをかみ殺しているかれんの横で、僕はため息をついた。

「ともかく、まあいいじゃないか」と親父は言った。「どうせ明日になれば会えるんだから」

照れてるんだかどうなんだか、親父はなかなか相手の女性のことを詳《くわ》しく教えてくれない。何かといえば、会ってみればわかるだの、お前もきっと気にいるはずだのと、ノラリクラリはぐらかすばかりなのだ。

あの喫茶店で話すうちにようやく聞き出せたのは、せいぜいその人の職業と年齢くらいのものだった。

なんでもその人は、親父が打ち合わせや接待なんかでよく利用する一流ホテルで、フロント係を務めているのだそうだ。

ってことは、けっこう若くてきれいなんじゃないの？　と、なんの気なしにからかってみた僕は、親父がおずおずと打ち明けたその人の歳を聞いて、喫茶店の椅子《いす》から転げ落ちそうになった。

「しっかしたまげたよなぁ……」カーペットにごろりと寝転がる。「二十九ったら、かれんのたった五つ上じゃないかよ」

「まあ、それを言うな」

「だってさ、ってことはその人と親父、今年生まれた赤ん坊と俺くらい離れてるんだぜ？」

「おれだって、気にしとるんだ」

「いったいなんでわざわざ、二十も離れた親父なんかに惚《ほ》れるかな。もしかしてその人、ファザコンなんじゃねえの？」

「ショーリったら、もう。言いすぎよ」

「――冗談だよ」

横座りしているかれんの膝が、すぐそばにある。ついついそこに頭をのせてみたくなるのを、ぐっと我慢する。

……そうだよな。お互い、好きになっちまったもんは、しょうがないんだよな。

「わかってるさ」と、僕は言った。「いちいち歳なんか考えて好きになるわけじゃないんだし。歳が離れてるからってあきらめられるもんでもないし」

親父は黙っていた。かれんも、黙っていた。

「だけど、向こうの両親、このこと知ってんの？」

「いや。彼女が、とにかくお前に先に話してほしいと言ったもんでな」

「なんで俺に？」

「一番理解してほしいのはお前なんだそうだ」

「……へえ」

けっこう泣かせるセリフではある。

「わかったよ」と、僕は言った。「できることがあれば、協力するよ」

頭の上でかすかな音がした。どこから入ったのか、小さな蛾《が》が一匹、蛍光灯のまわりを飛びまわっているのだった。半透明の笠《かさ》に体当たりするたびに、その羽がぱらぱら、ぱらぱら音をたてる。

「親父」

「ああ?」

「……よかったな」

するとと親父は、てのひらで顔をごしごしこすって照れ笑いをした。

「まあなあ」

かれんが僕を見下ろして、ホッとしたように微笑んだ。

5

海のそばだけあって、博多には新鮮な魚介類をいかしたレストランがたくさんある。どんな料理も、結局は素材の良さが味を決めるのだ。

日曜の昼、親父が僕らを連れて行ったのは、フランス料理店だった。恋人と息子と姪《めい》の前で、せいいっぱい気張ってみたつもりらしい。

かれんはずいぶん遠慮して、自分は行かないでおくと言ったのだが、それは親父が聞き入れなかった。四人になることはもう相手の女性にも伝えてあるのだから、一緒に来てくれなければかえって角《かど》が立つ。そう親父に言われて、かれんはようやく納得したけれど、それでもまだすまなそうにしていた。

「いてくれたほうが俺だって助かるよ」レストランの門を入りながら、僕は彼女に耳打ちした。「話に詰まったら、何かしゃべってくれよな」

中洲《なかす》とよばれるあたりからほど近い、住宅街の一軒家だった。外見はレンガ張りの山小屋風で、中に入ると暖炉やアンティークの家具なんかが置いてある。落ち着いたクラシックが流れていて、フロアに客はいなかった。

黒いタキシード姿の若い男が、親父の顔を見るなり営業用の笑顔を浮かべた。

「お連れ様、おみえになっておられますよ」

先に立って奥へ案内してくれる。通された先には、個室のドアがあった。

ノックをすると、中から「どうぞ」と声が聞こえた。

タキシード男が内側へドアを開け、僕らに向かって慇懃《いんぎん》にうなずいて、

「ただいまお飲み物をお持ちします」

もと来たほうへ戻って行った。

正直言って僕は、かなり緊張していた。とにかく、まずは礼儀正しくすることだ、と自分に言い聞かせる。ただし、いきすぎるとイヤミになる。ほどほどに礼儀正しく、ほどほどに親しみやすく。

かれんを先に通した親父が、僕をうながした。その視線だけで、頼むぞ、と言っている

のがわかった。親父だって、たぶん僕以上に緊張しているのだ。

深呼吸を一つしてから、僕は部屋に入った。

ぽっちゃりした小柄な女の人が奥の窓のそばでにこにこしながら立っていた。ほどほどに、どころのレベルじゃない、それはもう、めいっぱいの親しみをこめた笑顔だった。

「こんにちは、勝利くん、かれんさん」

と、その人は言った。姿によく似合う、まるい感じの声だった。

「こんにちは」と、かれん。

「どうも」僕は咳《せき》ばらいしてつけたした。「はじめまして」

「あらやだ」びっくりした顔で、その人は親父を見た。「正利さん、話してないの?」

僕もかれんも、なんのことかわからなくて親父を見た。

全員の注目を浴びた親父は、まるでくすぐられたヒョットコみたいな変な顔で笑いながら僕らへと視線を移し、そして言った。

「はじめましてってことはないだろう」

「えっ?」

もう一度ふり返って、まじまじとその人を見る。

自分の口が、ぽかんとあくのがわかった。

「あ……明子《あきこ》姉ちゃん？」

「はい」と、その人は笑った。「太っちゃったから、わからなかった？」

うそだろ？　と叫びたい気分だった。それは、昔僕らの家の隣に住んでいた、高校生の明子姉ちゃんだった。あの頃より確かに少し太っているし、髪も短くなってるし、化粧しているから違う人みたいに見えるが、よく見れば目鼻立ちは変わっていない。雰囲気も、声もだ。

「な、なんで明子姉ちゃんがここにいんの？」

「なんでって……」彼女は急に不安そうな顔になった。「もしかして、私とお父さんのことも聞かされてないの？」

「あ、いや、そうじゃなくて、なんでここにいんのかはわかってるんだけど、でも……なんで？」

もう、しどろもどろだった。自分でも何を言ってるんだかわからなくなってくる。

「まあ、とにかく座ろうや」と親父が言った。「それから、落ち着いて話そう」

年の功——というのは、こういうことを言うのかもしれない。どんなときにも動揺しないことなんじゃなくて、たとえ動揺していても、とりあえずまずするべきことや取るべき方法を見失わないということ。要するに、状況に応じて客観的な判断ができるということだ。『風見鶏』のマスターなんかを見るたびに、僕も早くこんなふうな肚《はら》のすわった男になりたい、と激しく憧《あこが》れるのだけれど、それは一朝一夕《いっちょういっせき》でできるようなことではなさそうだった。

それでもまあ、前菜とワインから始まった食事のコースが進むうちには、僕もだんだん落ち着いてきて、かれんに向かって、

(ワインは一杯だけにしとけよ)

と目くばせするくらいの余裕は出てきた。この世にかれんの裸を見てもいい男がいるとしたら、それはただ一人、僕だけだ。親父だろうが誰だろうが、他の男には絶対、酔っぱらった彼女のストリップなんか見せたくない。

「最初はもちろん、偶然だったのよ」

明子姉ちゃんは、インゲンと貝柱のテリーヌを切り分けながら言った。優雅とか上品とかいうよりは「手際《てぎわ》よく」というのが似合う手つきを見て、僕は、明子姉ちゃんが昔からけっこう気の強いしっかり者だったことを思いだした。

そういえばおふくろの通夜の晩も、隣のおばさんが泣きそうになるのを娘の明子姉ちゃんが叱っていたっけ。お母さんがそんなふうじゃ、おじさんや勝利くんがよけいにつらくなるだけじゃないの、と。

「偶然っていうと、どこかでばったり会われたんですか?」

と、かれんが言った。黙っている僕の代わりに、気をつかってくれているらしい。

「ええ、私の勤めてるホテルでね」と明子姉ちゃんは言った。「フロントから見てて、回転扉を押して入ってきた人にアレッと思ったの。どこかで会ったような人だなぁ……って。近づいてくるうちに、もしかして和泉のおじさんじゃないかしらとは思ったんだけど、あれから何年もたってるし、まさか転勤でこっちにいらしてるなんて考えてもみなかったし。だから、声をかけることができたのは、実際に名前を書いて頂いたあとだったのよ」

「びっくりなさったでしょ、おじさま」と、かれん。

「そりゃそうさ」親父は白ワインのグラスを口に運びながら言った。「いきなり『お久しぶりです』なんて言われても全然わからなかった。『明子です』と名乗られてもまだピンとこなかったよ。どこのアキコさんかと思って、ドキドキしたね」

「ということは、」と明子姉ちゃん。「どこかのアキコさんに悪さした覚えがあるのかしら?」

「どうかな」と親父は笑った。「とにかく、だめ押しに『東京でお隣だった大塚《おおつか》です』とまで言われてやっとわかったくらいなんだ」

なんだか、子供みたいな笑い顔だった。見てはいけないものを見てしまったような気がして、僕は急いで目をそらせた。

とにかく、親父はその再会の日の昼食に、明子姉ちゃんを誘った。もちろんなんの下心もなかったさ、と親父は言った。で、翌週の晩メシに、こんどは明子姉ちゃんのほうが親父を誘った。私のほうは下心アリアリだったわ、と彼女は笑い、僕は、嘘だろと思った。

「それにしても、そんなに私、変わった？」

明子姉ちゃんばかりか、親父の視線までがこっちに注がれているのに気づいて、

「え、俺？」

僕は慌てて口の中のものを飲み下した。うまいレストランだと聞いていたのに、何もかもがパサパサとして味気なく感じられる。

「明子姉ちゃんが変わったかどうかはわかんないけど、」と僕は言った。「道でばったり会っても俺はわかんなかったと思うよ」

「ややこしいことを言うやつだな」

と親父が顔をしかめ、明子姉ちゃんはフフッと笑った。

「思いだした、思いだした。勝利くんって、昔っからそういう物の言い方する子だったわよねえ」

「そうかな」

「ほら、小学生の頃、山口のうちの田舎に遊びに来たことがあったでしょう。あのときのこと、覚えてる？」

「あんまりよく覚えてない」

かれんがチラッとこっちを見たが、何も言いはしなかった。

「ずいぶん昔だもんね」と、明子姉ちゃんはフォローした。「あれは確か、東京から着いた晩だったかしら。それか、花火大会のあった晩だったかな。たまたま私が夜中におトイレに立ったらね、隣の座敷で母さんと並んで寝てたはずの勝利くんが、廊下の窓のそばに立ってぼんやり庭を見てたのよ。びっくりして、『眠れないの？』って訊《き》いたら、首を横にふるわけ。『じゃあ、そんなところで一人で何してるの？』って訊いたら、あなたなんて答えたと思う？『一人じゃないよ。僕いま、僕といっしょだったもん』って」

親父がじろじろと僕を見た。

「お前、そんなテツガクテキなこと言ったのか」

「だから、覚えてないんだってば」

そのことは、本当に記憶になかったのだ。

「和泉のおばさんが亡《な》くなられて間もなかったし、あのときはちょっと心配しちゃったけど、」明子姉ちゃんはクスリと笑った。「なるほどねえ。ああいう子が大きくなると、こういうふうになるのねえ」

「俺のことはもういいよ。それより……」

グラスに残っていたワインをぐっと飲みほす。そうして僕は、思い切って言った。

「それより、どうして親父だったのか、そこんとこを聞きたいな」

「どうしてって？」

「こんな親父の、いったいどこが良かったのかってことさ」

「おいおい、ずいぶんだな」

親父が茶化《ちゃか》しかけるのをさえぎって続ける。

「だって、そうだろ。一人じゃタテのものをヨコにもしないし、言わなきゃ三日くらい平気で風呂《ふろ》抜くしさ。『男ヤモメにウジがわく』を地でいってるみたいな中年オヤジじゃないか」

「お前なあ、父親をそこまで言うか？」

情けない声を出した親父を無視して、

「なのに、なんでなのかな」僕は続けた。「明子姉ちゃんなんてまだ若いし、よりによってこんなに歳の離れた親父なんかとくっつかなくたって、さがせば他にいくらでもいい男がいたはずだろ？」

「それって……」少し寂しそうに、彼女は言った。「勝利くんは、お父さんが私と再婚するのに反対ってこと？」

「そうじゃないよ。反対なんかしてない。ただ、なんていうか……」

僕はナイフを置いた。

「ごめん。自分でもよくわからない。こんなこと言うつもりじゃなかったんだけど」

座がシンとしてしまった。

ドアが開いて、次の料理が運ばれてくる。透きとおった金色のコンソメスープが湯気を立てている。実際うまそうな匂《にお》いはするのだが、あいかわらず食欲のほうはさっぱりわいてこない。

いっそのこと席を立ってしまえたら、と僕は思った。一人になって落ち着いて考えたいんだ、と言って僕が店を出ていってしまったら、この場はいったいどうなるんだろう。きっと、今以上に気まずい雰囲気になるに違いない。かれんの性格では僕のあとを追って来られるとも思えないから、一人残って、親父と明子姉ちゃんにさんざん気をつかって、味も何もわからないまま最後まで食事をつき合って……。

かれんにそんな思いをさせるわけにはいかなかった。

だとすれば――。

店の人が四人ぶんの給仕をし終え、ドアを静かに閉めて行ってしまってから、僕は口をひらいた。

「これだけは、わかっといてほしいんだ」

親父や明子姉ちゃんよりも、かれんの視線を痛いほど感じる。

「俺、親父の相手が明子姉ちゃんだと知って、ホッとしてるんだ、ほんとは。落ち着いて考えてみたら、これほど安心できることってないんだよな。死んだおふくろのことも、あの頃の親父の落ち込みようも、明子姉ちゃんなら全部知ってるわけだし。だから、俺が今こうやってなんだかんだと難癖《なんくせ》つけたくなるのは、言ってみれば子供の駄々《だだ》みたいなものじゃないかと思う。もちろん親父を取られるなんていうんじゃなくて、親父なんかもう誰がどこへ持ってってくれようがどうでもいいんだけど、」

「おい」

「要するにほら、明子姉ちゃんて、俺が生まれて初めて憧れた女の人なわけだしさ」

「おいおい」

「つまり、俺が言いたいのは……」

言いたいのは、なんなんだろう？　いったい僕は、誰に何をわかってもらいたがっているんだろう？

ってていく。


あれこれ言えば言うほど、ただの愚痴《ぐち》のように思えてくる。どんどん自分が情けなくなっていく。

僕は、自分の膝をぎゅっと握りしめた。

今すべきなのは、自分の事情をわかってもらうことじゃない。親父たち二人の事情をわかってやることだ。こういうときこそ、言いたいことを呑《の》みこんで、言うべきことだけを言う、そんな大人の男になりたいはずじゃなかったのか。だいたい、こういう大事なときにぐずぐず感情にばかり流されているようじゃ、いつまでたったって『風見鶏』のマスターに追いつけっこないじゃないか。

さめていくスープから目を上げると、明子姉ちゃんの視線にぶつかった。

「……ふつつかな親父ですけど、」と僕は言った。「どうか、よろしくお願いします」

明子姉ちゃんの瞳が見ひらかれ、それからふっと和《なご》む。

「あのね、勝利くん」と、彼女は静かに言った。「私、あの頃から、あなたがほんとの弟だったらいいのにってずっと思ってた。だから、こうしてあなたに会えるの、ずっと楽しみにしてたのよ」

そして、明子姉ちゃんは昔と同じ笑顔でにっこり笑った。

「ありがとう。こちらこそ――よろしく」

6

月曜の朝、僕らが目を覚ましたのは、いつもよりちょっとだけ遅めの時間だった。親父は会社へ電話をかけて、少し遅れていくと言った。ものの五秒ですんでしまった。そんなに簡単でいいのか？　と不安になるくらいだった。ふだんよっぽどまじめにやっているからなのか、それとも親父がいてもいなくても大勢《たいせい》に影響がないからか、いったいどっちなんだろう。

朝日のさすテーブルをかれんと僕との三人で囲みながら、親父はなんだかくすぐったそうに目を細めていた。

「いまにこれが、赤ん坊をいれた三人になるんだぜ」

そう言ってやると、親父は柄《がら》にもなく照れたのか、聞こえないふりで朝刊をひろげた。食事中に新聞を読む悪癖《あくへき》は、僕が十年間どれだけ言っても直せなかったけれど、明子姉ちゃんならたぶんあっという間に調教してしまうに違いない。

「カギは、帰るときにドアの郵便受けから中へほうりこんどいてくれ」と、出がけに親父は言った。「新幹線は何時なんだ？」

「三時過ぎなんです」

一緒に玄関の外まで見送りに出ていたかれんが言った。

「でもまあ、ひと休みしたら、昼前にはここを出るよ」と僕は言った。「せっかく来たんだから、ちょっとそのへん、ぶらぶらしてみたいしさ」

「そうか。ま、気をつけて帰れよ」と、親父は言った。「それから勝利、くれぐれも言っとくがな、」

「わかってるよ、親父の言いたいことくらい」と、僕はため息をついた。「自分の息子だろ？　ちょっとは信用しろよな」

「ばかもん。おれの息子だから信用できんのだ」

冗談とも本気ともつかないことを言い、親父は最後にかれんの肩を黙ってぽんぽんとたたいて出かけていった。

かれんがきょとんとして、親父の背中と僕を見くらべる。

「なんでもないよ」

僕は、彼女をうながして中に入った。

かれんが食器を洗っている間に、僕はふとんをベランダに干した。出かけるまでに一時間ほどしかなくても、このまま押し入れにしまうよりはましだ。

部屋が二つしかないので、ゆうべもおとといの晩も、僕は親父のいびきに耐えながら一緒の部屋で寝た。かれんも来るとわかってから、親父たちは慌ててふとんを一式買い足したらしいけれど、これから先のことを考えれば、お客用のふとんくらいどうせ必要だろう。

まだ午前十時だというのに外はすでに暑いくらいで、三人ぶんの敷ぶとんとタオルケットやなんかを干し終わったら、背中にじんわり汗をかいていた。

リビングに足を投げ出して座った僕のところへ、かれんが麦茶を持ってきた。

「飲むでしょ?」

「うん。サンキュ」

僕のそばに麦茶をのせたお盆を置いて、彼女はそこにぺたんと横座りになった。淡いグレーのTシャツの上に、いつかと同じ小花模様のエプロンドレスを着ている。

かすかな風に、チリリン……と風鈴が音をたてた。ベランダの物干しざおの上のほうで、透明なガラスに描《えが》かれた赤とんぼがゆっくり回転する。その向こうに、夏の終わりの入道雲が透けて見えていた。

あの風鈴も、祭りの夜店かどこかで買ったのかな、と僕は思った。博多の祭りはものすごいぞ、と寝しなに親父が言っていたのを思いだしたのだ。

親父と僕はゆうべ、並べて敷いたふとんの中から黄色い豆電球を見上げながら、ずいぶん遅くまで話した。隣の部屋にかれんが眠っていたから、どちらもぽつりぽつりと低い声で話すしかなかったものの、あれほどまとまった話を親父としたのは、覚えているかぎり初めてだった。

彼女はとにかく疲れ果ててたんだ、と親父は言った。親父が言う彼女とは、もちろん明子姉ちゃんのことだった。

おととしの春頃まで、明子姉ちゃんは実家のある山口で今と同じ系列のホテルに勤めていた。福岡に転勤してきたのは、彼女自身の希望だったそうだ。

前の職場で何かあったのかと僕が訊《き》くと、親父はしばらくためらったあと、お前にだけはと言って話してくれた。

明子姉ちゃんは、前の職場で直属の上司を好きになったのだった。そして、よくある話だけれど、その相手には妻子がいた。

それだけでも厄介《やっかい》なのに、さらに厄介なことには、そいつは奥さんや子供と別居中だった。子供が無事小学校に入ったら正式に離婚するとか、今だってもう別れたも同じだとか、女房にはずっと会ってないとか、いいかげんなことばかり並べる男を、明子姉ちゃんは三年近く信じ続けて（というか、なしくずしに許し続けて）、そのあげくに、手ひどく裏切られた。「ずっと会ってない」はずの奥さんが、二人目の子供を身ごもったのだった。

そうして明子姉ちゃんは、その男のさらに上の上司に願い出て、ここ博多のホテルに異動してきたわけだ。

「最初のうちは、ただの人生相談の相手だったんだ」と親父は言った。「そりゃそうだろう？　娘とまではいかんでも、まあそうであってもおかしくないほど歳《とし》の離れた女性だ。おれは一度も彼女を女として意識したことはなかったし、向こうも、おれのことをそういう目で見てはいなかったろうと思うよ。よくわからんが。だから、いきなり彼女から好きだというようなことを言われたときは度胆《どぎも》を抜かれたよ。てっきりからかわれてるのかと思ったほどだ」

「でも、明子姉ちゃんにしてみれば、かえって親父のそういうとこに惹《ひ》かれたんじゃないかな」と僕は言った。「ドロドロした恋なんかもうまっぴらでさ。もっと落ち着いた、なんていうか……恋をとびこえて一気に愛までいっちゃうような、安心できる関係が欲しかったんじゃないの。なんか俺、わかるような気がするよ」

そんなふうにぽつぽつ話しているうちに、ふと、親父が言ったのだった。勝利、お前、好きな女がいるんじゃないのか、と。

「……も、とうとう終わっちゃうわね」

我に返って、

「え？　あ、何？」

訊き返すと、かれんは口を波線の形に結んで僕を眺めた。

「『夏休みも、とうとう終わっちゃうわね』って言ったの」

「ああ……うん、そうだな。ごめん。ちょっとぼんやりしてた」

「ううん、あやまることないわよ。いきなりお兄さんになっちゃうなんて、大事件だものね。おまけに、お義母《かあ》さんになるのが初恋の人だなんて」

「それを言うなよ」

「あ、そういう情けない顔すると、ショーリとおじさまってそっくり」

「冗談でもやめてくれ」

かれんはくっくっと笑った。「麦茶、薄くなっちゃうわよ」

氷のとけかけた麦茶を、半分ほど一気に飲む。胃袋の形がわかるくらい冷たかった。

「かれん」

僕は麦茶をお盆に戻した。

「ゆうべさ」

「……ん？」

「ゆうべ親父に、お前のこと話したんだ」

「私のことって?」

僕は、かれんの顔をじっと見つめた。

かれんの表情から、笑いがすーっと消えていく。

「まさか……」

僕が黙っていると、彼女はいきなり泣きそうな顔になった。

「そんな、どうして?」

「いやだった?」

「そういうことじゃなくて……だって……だってショーリ、なんて言って話したの? おじさま、なんて言ってらした?」

おろおろする彼女を落ち着かせようと手をのばした拍子《ひようし》に、麦茶のグラスを倒してしまった。灰色のカーペットに、茶色の液体がバシャリとこぼれる。

僕は立っていってキッチンからふきんを持ってくると、しみこみ始めた水たまりの上にひろげ、氷を拾い集めながら言った。

「親父がさ。俺に訊いたんだ。好きな女がいるんじゃないのかって」

たたくようにしてシミを拭《ふ》き取る僕の横で、かれんは茫然《ぼうぜん》と座りこんでいる。

「だから正直に答えたまでだよ。いまの親父なら、わかってくれると思ったから」

本当は、親父は驚きのあまりふとんの上に起き上がってしまったのだった。そして一言目がいきなり「お前、まさかもう……」だったから、僕もさすがに頭にきて、「自分と一緒にするなよ」と言い返してやった。ったく、失礼なエロじじいだ。

そのあと僕は、ほとんど朝方までかかって、親父にいろいろな話をした。

かれんが自分の生《お》い立《た》ちを知っていることや、彼女の口からそれを聞かされることになったいきさつについても話したし、鴨川の老人ホームでのおばあちゃんとの出会いも、『風見鶏』のマスターが彼女の実の兄貴なのだということも、さらには、かれんが花村のおじさんとおばさんに遠慮して、自分が養女だと知っているとは言えないでいることなんかも……できるだけ詳しく、正確に話そうとした。もちろん、僕がどんなに彼女を大切に思っているかについてもだ。

濡《ぬ》れたふきんと空《から》になったグラスをお盆にのせ、それを離れたところへ押しやって、僕は、青い顔で座ったまま半泣きのかれんの前にあぐらをかいた。両手を取って、自分の手の中に包みこむ。

「そんな顔するなよ」

「だって……」

「親父、今朝だって別に変なふうじゃなかったろ?」

「そうだけど、でも……」

「だいたい、親父のほうこそ好き勝手やってるんだから何も言えっこないよ。俺たちはたった五つしか違わないけど、あっちなんか見てみろよ、その四倍だぜ?」

かれんがやっと目を上げて、それでもまだ泣き顔のまま、ぐすっと鼻を鳴らした。

「ショーリってば」

「なんだよ」

「たった五つしか、だって。今までずっと、その五つにこだわってたくせに」

「こだわるのは、早くお前にふさわしい男になりたいからだよ」

彼女が僕をじっと見る。薄く涙の膜がはりつめた茶色っぽい瞳が、何かを訴えるように僕を見つめている。

その瞳に引きこまれるように、

「かれん、あのさ」

と、思わず口をついて出てしまった。

「俺、今すっごく、お前にキスしたいんだけど」

そのときかれんが浮かべた表情を、なんと言い表せばいいのだろう。

せつなさとも違う。優しさとも違う。おだやかさとも、愛《いと》しさとも、いたわりともたぶん違う、けれどその全部を一緒くたに混ぜ合わせたような——たとえて言うならまるで、赤ん坊を腕に抱く母親みたいな顔をして、彼女はささやいたのだった。

「……私も」

と。

最初のキスは、遠慮がちだった。

二度めはもう少し、長くて熱っぽかった。

三度めからはもう、歯止めがきかなかった。

僕は、キスをかわしながら膝立ちになって彼女にのしかかっていき、カーペットの上に押し倒した。

「ショーリ……」

「……ん」

「ショ……リ……あの、」

「わかってる」

ほんとうは力いっぱい抱きしめてめちゃくちゃにしてしまいたいのに、かれんをこわがらせたくなくて、そっと抱きかかえるだけにする。それだけでも、歯をくいしばるほどの自制心が必要だった。こんなにとことん惚れちまって、俺、いつかはほんとにちゃんと最後までできるんだろうか、と自分で自分が不安になる。

でも、さすがにこんなところでコトに及ぶ気にはなれなかった。おてんとさまは高いし、ここは親父の家だし、出がけにああしてクギも刺されたことだし。

そのかわり僕らは、誰にも邪魔されず、誰の目を気にすることもなしに、今までで一番ゆっくり、そしてたくさん、キスをかわすことができた。

やがて僕は、かれんの胸の上に頭をのせて、彼女の心臓の音を聞いた。柔らかな胸に耳をあてながら、おい大丈夫かよ、お前の心臓の音、やけに速いぜ、と言ってやると、上のほうでかれんの小さな声が、もう止まっちゃいそう、と答えた。

何度くり返しキスをしても、全然足りなかった。それなのに、お互いの体に腕をまわし合ったり、髪や指なんかをそっとさわり合ったりしているだけで、むちゃくちゃ幸せだった。

ときどき時計を見ると、時間がいつもの十倍くらい速く過ぎていてびっくりした。街をぶらぶらすることなんか、もうまったく頭になかった。博多の街は今日見なくてもどこへも消えたりしない。でも、腕の中の彼女は、いま手を放したらどこかへ消えてなくなってしまうかもしれない、そんな気がして離れられなかった。

ベランダの窓を開けはなっているせいで、ときおり、下の道を通るチリ紙交換のアナウンスや、子供たちがはしゃぎながら走っていく声なんかが聞こえてくる。しばらく前からはかすかに、懐かしいカーペンターズの曲も流れている。『マスカレード』、『イエスタディ・ワンスモア』、『雨の日と月曜日は』……。どこか上か下の階の住人が聴いているらしい。

そういえば、明子姉ちゃんと三つ上の里子《さとこ》姉ちゃんは昔、年じゅうカーペンターズばかり聴いていたものだ。実際、こんなに聴く者の気持ちを安らかにさせる歌声は、ほかにはちょっとない。

「あのね」

と、やがてかれんがささやいた。

「昨日、明子さんが話してたでしょ？　あなたの小さい頃のこと。ほら、夜中に一人で庭を見てたって」

「うん。あれはほんとに覚えてないんだけどな」

「あの話を聞いたときね、私、なんだか涙が出そうになっちゃった」

僕はびっくりした。「なんで？」

「わかんないの。ただ、なんとなく悲しくなっちゃったの。その晩のショーリのそばに、私がいてあげられたらよかったのにな、って」

「何言ってんだよ」と僕は笑った。「あの頃のお前は中学生で、チビの俺のことなんか眼中になかったじゃないかよ」

「もう。そういう意味じゃないってわかってるくせに」

「うん。わかってるけどさ」

僕は、彼女を抱き寄せた。

「なあ。一つ、訊いてもいいか?」

「なあに?」

「……来るときの新幹線でさ。お前言ったろ? 『私を甘やかしすぎないで』って。あれ、どういう意味だったんだ?」

するとかれんは、鼻の頭にくしゅっとしわを寄せるいつもの笑い方をした。

「そう口に出しちゃったことからして、もう甘えてるってことなのかな」

「それがなんでいけないんだよ」と僕は言った。「俺は、甘えてほしいし、甘やかしたいよ」

けれど、かれんは首をふった。

「ねえ、ショーリ、私ね。これから先もずーっとショーリと一緒にいたいし、ショーリに私のことずーっと好きでいてもらいたいの」

「そんなの、好きでいるに決まってるじゃないか」

「ううん、決まってない」

「え？」

「決まってないわ。私がもし、ずっと今のままで、努力もなんにもしなかったら、いつかショーリに置いていかれちゃうもの」

「置いてかないよ」

「でも、逆だって言えるのよ。ショーリがもしこの先、なんの成長もしなかったら……」

「………」

　そこまで言われて、僕にもやっと、かれんの言おうとしていることがわかってきた。いっぺんに動悸《どうき》が速くなる。さっきのかれんより速かったかもしれない。

　つまり、僕がこれから先もずっと彼女の目を自分のほうに向かせておきたければ、僕はそれに値《あたい》するだけのものをどんどん身につけていかなければならないということなのだ。もしもだらだらと怠《なま》けて、その間に彼女のほうが一人の人間として僕をはるかに追い越してしまったら、この恋は終わってしまうかもしれない。なぜなら、人は自分よりすべての点で劣る者に恋をし続けることはできないからだ。彼女が言っているのはそういうことだ。

「わかってくれる?」と、かれんは言った。「私、ショーリがいないと何もできないような人間にはなりたくないの。もちろんショーリにも、私を守ることしか頭にないような人になってほしくないの。二人のうちどちらか片方でも、自分一人で立ってられないような人間だったら、そんなの、恋愛じゃないでしょ? 弱い人が、気持ちいいからって麻薬に頼るのとおんなじで、ただの甘えになっちゃうでしょ? 成長するどころか、どんどんダメになっていっちゃうでしょ?」

「………」

「どうして急にこんなこと考えだしたかっていうとね」かれんは、僕の前髪をおずおずと指でかきあげながら言った。「鴨川のことがあったからなの」

「鴨川の?」

「そう。あの晩、私、ショーリを受け入れられなかった。ほんとは……気持ちは……そうしたかったし、泊まるって決めた時点で、ちゃんと覚悟してたはずなのに」

僕は、黙っていた。

「あれからあとで、思ったの。いいかげんに、甘えてるだけじゃだめだって。ショーリが優しくしてくれるのをいいことに、いつもいつも甘えてばっかりで、いつのまにかそれが癖になって……そりゃ、甘やかしてもらうのは気持ちいいものね。でも、このままじゃ私、自分でやらなきゃいけないことも、決めなきゃいけないことも全部ショーリに預けて、いつか、ほんとにダメになっちゃう気がするの。——でしょ?」

「………」

それには答えなかったけれど、僕は内心、ものすごく焦《あせ》っていた。そんな大事なことに気がついたのが、僕じゃなくて彼女のほうだったということがショックだったのだ。

それはつまり、今の時点で、彼女のほうが僕より先を歩いている証拠なんじゃないだろうか。

けれどかれんは、僕の沈黙の意味を取り違えて、心配そうに言った。

「あの、ショーリ……怒っちゃった?」

思わず、苦笑してしまった。彼女の心細そうな顔を見たとたん、よけいにいとおしくてたまらなくなる。

窓の外からは、『We've Only Just Begun』が聞こえてくる。腕の中のかれんと同じ名を持つ、今は亡き女性の声が、まるで僕らに語りかけるように歌っている。

——いま始まったばかり。

そう、僕らは……いや、僕らだけじゃなくて親父たちだって、まさに今これから始まろうとしているのだった。のんびり構えてはいられないけれど、だからといって焦りすぎる必要もない。とにかく、僕は僕にできることをせいいっぱいするしかないのだ。

かれんを手放さないでおくためなら、この先、どんな努力だってしてみせると僕は思った。

「怒るわけないだろ」

もう一度ぐっとかれんを抱き寄せて、おでこをくっつける。

そうして僕は、彼女の耳もとでささやいた。

「惚れなおしはしたけどさ」


玄関のドアに鍵《かぎ》をかけた頃には、午後二時をすっかりまわっていた。

ガスの元栓は締めたし、ふとんも取りこんだし、ベランダの窓も閉めた。よし、抜かりなし。

スポーツバッグを肩にかけて、

「忘れ物、ないな?」

僕はかれんをふり返った。

「ええ、大丈夫」

彼女は片手に自分のバッグを、もう一方の手には、親父から土産に持たされた辛子明太《からしめんたい》子《こ》の紙袋をさげていた。
「ほれ。重いほう貸せよ」
「だから、自分で持てるってば」と、彼女はふくれた。「さっき話したこと、わかっ
「てるってば、それは。だけど、べつに何から何まで自分でやろうとしなくたっていいだ
ろ。丈のセリフじゃないけど、できるほうがやればいいことだってあるんだからさ」
「それはそうだけど、でも自分の荷物くらい……」
「ばぁか」と、とうとう僕は言ってやった。「はっきり言うとな、時間がないんだよ。お
前、その荷物持って表通りまで走れんのか？　転んだり遅れたりしたら、見捨てて先に行
くぞ」
「……ひどぉい。そんな言い方しなくたって」
かれんが、しょげながらバッグをよこす。
それを受け取り、持ち手をスポーツバッグのストラップに通して一緒にかついでしまう
と、
「なーんつってね」僕は、空《あ》けたほうの手を彼女の手とつないだ。「ほんとは、こうした
かっただけでした」
かれんが、黙って僕の脇腹にひじテツをくれる。

僕は笑って、つないだ手を引っぱった。

「行くぞ。ほんとに乗り遅れちまう」

「ん。……あ、待って」

かれんが手を放して、郵便受けのふたを押し開けた。

ドアの向こうに落ちた鍵が、チリン、と音をたてたとき、僕はふと、あの風鈴の向こうに透けて見えた入道雲を思いだした。

長かった夏は、もうすぐ終わる。

でも、僕らの前にはいつも、次の季節が待っているのだ。

GOOD FOR YOU

1

十一月最初の日曜日だった。

僕はいつもより少し早めに起きて洗濯をすませ、庭に干し、朝飯のしたくもあらかた整えておいてから、まずは丈を起こしにいった。

バタンとドアを開け、

「起床ッ！」

ベッド脇《わき》のカーテンもさっさと開け、窓をいっぱいに開け放つ。不服そうに唸《うな》って壁のほうへ寝返りをうった丈のふとんを一気にひっぺがすと、やつはTシャツとパンツ一丁で寝ていた。

「おい、起きろ」ぐいぐいケツを蹴《け》ってやる。「起きろとゆーとろーが」

「う……今日……は走……んない」

「なに寝ぼけてんだよ」と僕は言った。「お前も文化祭行くんだろ、京子《きょうこ》ちゃんと」

今日は光《ひかり》が丘西《おかにし》高の文化祭二日目なのだ。一般公開日だから父兄も来る。三月に卒業したばかりの僕はもちろん、来年入学することになるかもしれない丈や京子ちゃんも、かれんを冷やかしがてら一緒に遊びに行くことになっていた。

「……いま……何時？」

かすかに丈がうめいた。ナメクジがしゃべったら、たぶんこんな感じだろう。

「七時半」

「……まだ朝じゃぁん」

「もう朝なんだよ」あきれて僕は言った。「お前ゆうべ自分で頼んだんだぞ、無理やりにでもいつもと同じに起こしてくれって。デートの前にシャワー浴びんじゃなかったのかよ、え？」

「…………」

「丈！」

「うー……あと五分」

「お前の五分は一時間だろうが」

「……三分」

「往生ぎわの悪いやつだな」

「一分」

僕は丈の毛ずねを片方つかんでズルズル引き寄せ、股《また》ぐらに足の裏をあてがって電気アンマをくらわせてやった。

「あッあッやめてッ、気持ちいいぃぃぃ！」

叫びながら丈はさすがに笑いだし、ばたばたもがいて僕の手と足をふりはらうと、ようやくベッドの上に起きあがった。

「ひでえよ勝利ぃ。受験生にはもっと優しくしろよぉ」

「毎晩早寝する受験生に優しくする必要がどこにあるよ」

「姉貴とのことだって、何かと協力してやってるじゃないかよう」

「借りはそのつど返してるだろ」

眠そうな目できょろきょろとあたりを見まわした丈が、またしてもふとんの端をつかもうとする寸前にひったくり、

「さっさと立つ！」と僕は言った。「立っちまえばあきらめがつくんだから」

丈は大げさなため息をつきながら、そばの椅子《いす》の背にかけてあったトレーナーを取って頭からかぶった。

「ったく……やだもうオレ、こんな家」

「やなら出てっていいんだぞ」

「なんで下宿人の勝利が言うんだよう」

「ばーか」部屋を出ながら、僕は教えてやった。「家の中でいちばんえらいのは、メシを作るやつと決まってんだよ」

廊下に出たところでふと気配を感じて、階段の上を見あげた。

ちょうど二階から、パジャマ姿のかれんが下りてくるところだった。細かいワッフル織りの白いパジャマは、かれんの一番のお気にいりだ。

夏の間にますます長くのびた髪がもつれてしまうのをふせぐために、彼女は毎晩風呂《ふろ》から上がると髪を一本の太い三つ編みに編む。ちょっと大きめのパジャマとゆるく編まれた三つ編みは、寝ぼけまなこのかれんのポヨヨンとした雰囲気にぴったりで、僕は今すぐにでも階段をかけ上がって抱きしめたくなるのをぐっとこらえた。いくらなんでも朝っぱらから……。

でも、そう思ったのと同時にかえって嬉《うれ》しさがこみあげてきた。

たとえば今みたいな我慢も、あくまで自分の意志であって、佐恵子おばさんを気にしたからじゃない。九月の半《なか》ばすぎにようやく佐恵子おばさんがイギリスに帰ってくれたおかげで、僕らはほぼ二か月ぶりにもとの三人暮らしに戻れたのだ。

あの日の嬉しさはちょっと忘れられない。かれんと丈はそれぞれ学校だったので僕が空港まで見送りに行ったのだが、帰りの電車の中ではやたらと顔がにやけ、気を抜くとスキップまでしそうになって困った。

少なくともこれからまたしばらくは、かれんとの仲をおばさんに勘づかれまいと神経をすり減らさなくても済むわけだ。もちろん同じ家に丈もいる以上、むやみにイチャイチャする気にはなれないが、それでも佐恵子おばさんがいるのといないのとでは、気分的にえらい違いだった。好きなときにかれんに声をかけたり、こうしてじっと見つめたり、あれこれ世話を焼いたりできることがこれほどありがたいものだなんて、夏前までは思ってもみなかった。

きっと僕らのまわりには、こんなふうに自分では意識しない幸せがほかにもたくさんあるんだろう。そう考えると、気づかないでいることがなんだかもったいなく思えてくる。

カメみたいにゆっくり階段を下りてくる途中で僕に気がついて、

「あ、ショーリ。おはよ」

ふああ……とかれんがあくびをした。

福岡の親父《おやじ》の部屋で話したことを守るつもりなのか、彼女は最近誰にも起こされなくてもこうしてなんとか自分で起きてくる。その代わり、目覚まし時計を三つもセットしてるのよ、と恥ずかしそうに僕に白状した。ベッドサイドにひとつ。机の上にひとつ。残りのひとつは入口のドアの下。立ってそこまで行かなければ止められないようにしてあるわけだ。

あくびのせいで涙のにじんだ目をごしごしこすり、

「んー?」かれんはあごを上げて猫みたいに鼻をひくひくさせた。「なんか、いい匂《にお》いがするー」

「コーンスープだよ。粒コーンと溶き卵入りのやつ」

「うわぁ」かれんは、ほわ〜んと微笑《ほほえ》んだ。「私あれ大好きー」

知ってるさ、だから作ったに決まってるじゃないか。……そう言いたかったが、照れくさいのでやめておく。

「早く顔洗ってこいよ。遅刻するぞ」

「はぁい」

「トイレのあとはちゃんと手ぇ洗えよ」

「もぉー。またそうやって子供扱いするー」

ぷうっとふくれながら残りの段を下り、かれんは僕の前を通りすぎて洗面所に消えた。シャンプーの残《のこ》り香《が》がかすかに漂って、僕はますます幸せな気分になった。

念のためにもう一度丈の部屋をのぞき、案《あん》の定《じょう》またベッドにもぐりこんでいた彼にガシガシと容赦《ようしゃ》なく蹴りを入れてやり、それからキッチンに戻ってコーヒー用のやかんを火にかけた。

トマトとキュウリとレタスを冷蔵庫から出して器に盛り、『風見鶏』で習った特製ドレッシングを作って少しずつまわしかける。食器棚からカップを三つとコーンスープ用の深めの皿を出し、それぞれに半分ほど熱湯を注《そそ》いで温めておく。パンをトースターに入れ、スイッチをONにする。

丈が入ってきて、どかっと椅子に座った。洗面所で濡《ぬ》らしてきたらしく、髪の寝ぐせはいつもほどひどくない。

「かれんは何やってんだ?」

「まだ洗面所にいたぜ」と丈は言った。「なんか、やけにていねいに手ぇ洗ってる」

僕がプッとふきだしたところに、当のかれんが戻ってきた。

まずは冷蔵庫を開けていつものように牛乳を一杯飲み、それから彼女はふにゃふにゃと自分の席に座った。またあくびなんかしている。

僕はとりあえず、いれたてのコーヒーを二人のカップに注《つ》ぎ、サラダの取り皿を出してやった。バターとジャムとチーズをテーブルにそろえたところで、カシャン、とトースターからパンが飛び出した。

「ねえねえ、ショーリ」コーヒーを熱そうにすすりながら、かれんが言った。「もしかして、トースターの調子悪かったりしない？」

「いや、べつに普通だと思うけど」

こんがりきれいに焼けたパンを皿にのせて差し出しながら、僕は言った。

「なんか変か？」

「ううん。ちょっとでも調子悪くなったらすぐ教えてね」

「いいけど、なんで」

えへへ……とかれんは笑った。

「学校のそばのお店で、すっごくかわいいトースター見つけたの。パンを焼くとね、真ん中に大きなパンダの顔の焦《こ》げ跡《あと》がつくのよ」

「何それ」と丈が言った。「味は変わんないんだろ？」

「味の問題じゃないのよ」

「パンはパンじゃん。食っちまえばおんなじじゃん」

「だから、そういう問題じゃないんだってば」かれんは一生懸命になって言った。「だって、パンにパンダよ？　私、見つけたとき感動したのに」

「コードモぉ」

「ええ？　ふつうは感動しない？」

「しねえよ」

「そうかなあ」かれんはむくれた。「スヌーピーのとかもあるのにー」

「わかったわかった」と僕はなだめた。「今のやつが調子悪くなったら教えてやるって。まあ、この先二、三年は壊れそうにないけどな」

「そうかあ……」かれんは残念そうに僕からコーンスープを受け取って、ふうふうさました。「ん。おいしい」

にっこりと僕を見る。それだけで、早起きがむくわれたと思ってしまうあたり、つくづく、惚《ほ》れてるよなあと思う。

「そんなにパンダのトースターが欲しいならさあ」と、いきなり丈が言った。「早いとこ勝利と二人で暮らしちゃえばいいんだよ」

ブッとふいたのは、二人同時だった。かれんはスープにごほごほとむせ、僕はこぼしてしまったコーヒーを慌《あわ》てて拭《ふ》く。

「お……お前、何言いだすんだバカ」

「だってそうじゃん」丈はけろっと言ってのけた。「そうすりゃ、パンダのトースターだろうがキティちゃんの炊飯器だろうが、好きなもの買えるんだしさ」

「えっ、そんな炊飯器あるの？」

「知らねーの？　コーヒーメーカーだってなんだってあるぜ」

「うそ。ほんと？　うそ」

「ひゃー、遅れてるぅ。姉貴ももう歳《とし》だね」

かれんが弟をぽかりとやるのを見ながら、僕はひそかにため息をついた。誰もがみんな丈ぐらい物事をシンプルに考えてくれたなら、どんなに楽だろうと思う。

この家を出てどこかに部屋を借り、かれんと二人きりで暮らす――その程度のことなら今までに三千回は考えた。そして、同じ数だけあきらめた。ともすれば幸せな空想にふけりそうになる自分を、ねじふせるようにして無理やりあきらめさせた。

そういうとき、あえて僕が頭に思い浮かべるのは、初めてキスをしたあの展望台でのかれんの言葉だった。

（もしあなたとつき合おうと思ったら、花村の両親にだって、私が自分の出生を知ってる

って打ち明けなくちゃならないわ)

僕の胸をこぶしでたたいて、彼女は言った。

(マスターが兄さんだっていうことも、おばあちゃんのことも、全部よ？　もしかしたら、みんなが傷つくかもしれないのよ？　そういうこと、いったいあなた、考えてみたことがあるの？)

(あるよ)と、僕は答えた。(いやっていうほど考えた。でも、どうしようもない。俺《おれ》がお前をこんなに好きなのは、もう誰にも、どうしようもないんだ)

あのとき僕は確かに、いやっていうほど考え抜いたつもりでいた。けれど今になるとわかる。あの程度じゃまだ充分じゃなかった。僕がほんとうにそのことについて考えるようになったのは、むしろ彼女の気持ちを手に入れてからだった。

そう……かれんが今も花村のおじさんや佐恵子おばさんに何も話せないでいるのは、血のつながらない自分をこれまで育ててくれた二人を傷つけたくないからだ。それが彼女の悩みであり望みでもある以上、僕一人が先走りするわけにはいかない。僕から先にかれんに惚れて、強引に自分のほうを向かせたからには、少なくともこの件に関しては彼女の気持ちを一番に考えるべきだ。花村の両親に僕らのことや何もかもを打ち明けるのは、彼女の心の準備が整ってからでなくてはいけない。

だからこそ僕には、世の中によくいるお互いしか見えていない恋人たちのように、駆け落ちだの同棲《どうせい》だのという強硬手段にうったえることができないのだった。僕にできるのはただ、一日も早く精神的にも経済的にもかれんを支えられる男になって、花村のおじさんとおばさんの前で堂々と「彼女を下さい」と口にすること。そのときが来るまでは、自分勝手にかれんをひっさらってしまうわけにはいかない。それは、僕がこんなに年下だからこそ貫かなければならないけじめだった。

コーヒーを自分のカップに注ぎ足していると、

「あ、オレはもういらないからね」

と丈が言った。

「誰がやるっつった」

「うわ冷てえの」

無視して、

「かれんは？」

と訊《き》いてやると、

「ん。もう少しちょうだい」

彼女はカップを差し出しながら、またふわふわとあくびをした。

「ゆうべ、よく眠れなかったのか?」

「そういうわけでもないけど」首をゆっくりと回しながらかれんは言った。「朝方、寝言で大声出して目がさめちゃって」

「いやな夢でも見たとか?」

「うーん、あんまりよく覚えてないの。なんて叫んだかは覚えてるんだけど」

「なんて言ったのさ」

と、トーストを頰張《ほおば》りながら丈。

「うん……」かれんは眉《まゆ》の間にしわを寄せた。「『なによ嘘《うそ》つき!』って」

僕は笑ってしまった。「なんだそりゃ?」

「………」

かれんが、黙って僕の顔を見た。

2

母校を訪れるのはたったの七か月ぶりだというのに、ひどく懐かしかった。毎日放課後になると駆けずりまわったグラウンドや、悪友たちとバカ話ばかりしていた教室を見るたびに、胸の奥がなんとなく窮屈になった。

どこもかしこも微妙に変わってしまったような気がした。よく見ればべつにどこも変わっていないはずなのに、なんというか、小さくなった服を無理に着ているような感じだった。変わってしまったのはきっと、僕のほうなんだろう。

同じ陸上部だった狩野達也《かりのたつや》や矢崎武志《やざきたけし》も来ていた。たぶん来るだろうと予想はしていたから、ばったり会ったこと自体には驚かなかったが、狩野のやつが小島夕子《こじまゆうこ》と一緒に来ていたのには正直驚いた。あのころ小島夕子が矢崎武志のほうにぞっこん惚れてたのは周知の事実だったのに、いったい何がどうなってこういう組み合わせになったんだろう?

小島夕子は去年の暮れ、学校から帰る途中で交通事故にあった。横断歩道を渡ろうとしたところを、宅配便のトラックにはねられて数十メートル引きずられたのだ。

二週間ものあいだ意識不明のまま生死の境をさまよったことを考えれば、命を取り止めたのはもちろん、こうしてまた普通に出歩けるようになったことに至っては奇跡とさえ言えるだろう。ただ、よく気をつけて見ると左足を軽く引きずっているのがわかったし、前髪が風に吹かれた拍子《ひょうし》におでこに残る傷跡がちらりと見えたりした。

それでも、薄い黄色のセーターを着た彼女はとても元気そうに見えた。

「一年遅れの受験生なの」

そう言いながら見せた笑顔は確かに、マドンナとかミス光が丘西なんて呼ばれていただけのことはあった。

それにしても、と僕は思った。男女の仲なんてのは、こんな具合にどうとでも転がってしまうものなんだろうか。こいつら三人の間で起こり得たことなら、同じことが僕とかれんと、そして別の誰かの間でも起こらないとどうして言えるだろう……？

クラスの女子たちと再会してキャアキャアはしゃいでいる小島夕子を模擬店の甘味処《かんみどころ》に残し、男三人は連れだって陸上部の部室へ出かけた。午後に招待試合をひかえた後輩たちに活《かつ》を入れてやるためだ。

そのあと、小腹《こばら》がすいたので中庭の模擬店で焼きそばとお好み焼きを食った。

僕がテーブルの下で向かいに座っていた矢崎の足を蹴ったのは、狩野が一人だけトイレへ立った間のことだった。

矢崎はコーラの氷をかみ砕きながら、「う？」と目を上げた。

「ひとつ、訊《き》いてもいいか？」

「ダメだっつったら？」

そう言いながらも目が笑っている。グレーのトレーナーの袖《そで》をめくりあげて、「うそだよ」と、やつは言った。「なんでも訊けよ」

僕は、思い切って口に出した。「お前ら、どうなってるわけ」

「どうなってるって?」

「小島夕子、狩野のやつとつき合ってるんだろ」

「だから?」

「そこにお前が加わって、なんで三人とも平然としてられるんだ?」

「ああ……。そのことね」矢崎はまた面白《おもしろ》がるような目で僕を眺め、それからフッと笑った。「じつを言うとそれ、俺もけっこう不思議なんだわ」

続きがあるのかと思って待ってみたのだが、やつはそれきり口をつぐんでしまった。やっぱり悪いことを訊いたのかなと僕は思い、手持ちぶさたに中庭を見わたした。あちこちにいろいろな模擬店が並んでいる。クレープの店、綿菓子の店、金魚すくいにヨーヨー釣り、ダーツやパターゴルフなどのゲーム。他校の生徒たちも来ていて、なかなかの盛況ぶりだ。

と、向こうの通用口から小島夕子が出てくるのが見えた。続いて狩野も。中で偶然会えたのか、それともやつがトイレの帰りに迎えに行ったのかもしれない。

校内用のスリッパから靴に履きかえるとき、小島夕子はわずかによろけて狩野の腕につかまったけれど、狩野は自分からは手を出そうとしなかった。履き終わった小島が、そんな狩野を見上げてニコリとする。

「たぶんさ……」

と、ふいに矢崎が言った。見ると、やつも狩野たちのほうを眺めていた。

「たぶん、俺らの誰も、気持ちの行き場を失わないで済んだからじゃないかな」

向こうの模擬店で、狩野と小島はまた何か食いものを買っている。〈大人のおもちゃ〉なんてふざけた看板が出ているから、キナコ餅《もち》か磯辺《いそべ》巻《ま》きあたりだろう。よく食うやつらだ。

「気持ちの行き場って、そりゃ、あの二人に関してはわかるけどさ」と僕は言った。「お前はどうなんだよ。お前もそういう相手を見つけられたってことか?」

「……俺の場合はなんつーか、ちょっと特殊だからなあ」

よくわからないことを言いながら、矢崎は再び僕のほうを見た。

「それにしても、和泉がそういうこといろいろ訊くのって珍しかないか?」

「そうかな」

「そうだよ。お前って、クラスの連中が猥談《わいだん》始めても、俺は関係ありませんって顔で澄ましてるやつだったもん」

「ずいぶんだな」僕はちょっと傷ついて言った。「今のはべつに、猥談なんかのノリで訊いたんじゃないぜ」

「わかってるさ」と矢崎は笑った。「だけど和泉って、前は他人のプライバシーなんかに興味持ったり、人に何かを相談したりするタイプじゃなかったじゃんか。ほらあの頃《ころ》お前、何かっていうとクラスの連中から相談持ちかけられてたろ？　あれ、なんでだったか考えたことあるか？」

どこかで聞いたような話題だなと思いながら、僕はとりあえず首を横にふった。

「みんなもなんとなくわかってたからだよ」と、やつは言った。「お前が、必要以上に踏みこんでこないやつだってことをさ。だから相談しやすかったんだ」

「……なるほどね」

そうか。思いだした。一年半以上も前、まだ僕が花村家で暮らすのを迷っていた頃、『風見鶏』のマスターがほとんど同じことを指摘したのだ。

（お前はもう少し、人に甘えることを覚えたほうがいい）

確かあのとき、マスターはそんなふうに言った。

（はたから見ててもわかるが、お前は何かと人から頼られるタイプだろ。誰もがお前には悩みを打ち明けやすい。親身になって聞いてくれて、あとあとよけいな干渉はせず、しかも口が堅いとくれば、こんな理想的な相談相手はいないわな。もちろん、それもお前のいいところのひとつだし、俺だってお前のそんなとこを気にいってる。だが、お前自身はどうだ？　誰にも……たぶん親父さんにさえ、本気で甘えたことがない。違うか？）

「ま、けっこうなことじゃないかよ」と矢崎は言った。「他人の事情にばっか興味を持つのもあれだけど、まったく興味を持たないってのも何か冷たいっていうか、さめてるっていうかさ。少なくとも俺は、誰とでもきっちり同じ距離を置いてたお前よりか、今のお前のほうがつき合いやすいよ」

「……そりゃどうも」

もし矢崎が言うように僕が変わったのだとしたら、それはどう考えても、かれんや丈と一緒に暮らすようになったおかげだろう。

（いいもんだぞ、家族がいるってのは。とくにお前みたいなのにとっては、何かとプラスになると思うがな）

その点でも、あのときのマスターの予言は当たったわけだ。

「俺のことはともかくさ」と、矢崎は言った。「お前こそ、ないのかよ、そういう色っぽい話はさ」

「ない」

ウソつけ、と、やつは笑った。

狩野と小島がテーブルに戻ってきたのを機に僕は立ち上がり、あとでまた落ち合う約束をして一旦《いったん》別れた。午後の陸上部の招待試合は、同じく中学で陸上をやっている丈を拾ってから一緒に見にいくことになっていたのだ。

丈と京子ちゃんは時間通りに、校舎の三階の端にある美術室前で待っていた。丈のほうは胸に死神のイラストのついた黒いトレーナー（あいかわらず悪趣味だ）、京子ちゃんはモコモコした毛糸の白いセーターを着ている。

階段を上がっていった僕の顔を見て、

「あ、来た来た」

京子ちゃんは手をふった。笑うと、気の強そうな目尻《めじり》がきゅっと上がる。

「久しぶり」と僕は言った。「あれ、京子ちゃん髪伸ばしてんの？」

「うん、そろそろ寒くなってきたから」

「なんだよお」と、丈がぶつくさ言った。「オレの好みに合わせてくれてんじゃなかったのかよお」

どうして美術室の前なんかで待ち合わせをしたかと言えば、わけがある。美術部の顧問《こもん》はもちろん、美術教師であるかれんなのだが、今回は部員たちの作品ばかりでなく、彼女自身が描いた絵や自分で焼いた陶器なども一緒に展示されているのだ。かれんによればそれは部員たちからの提案だそうで、抵抗するだけのうまい理由も見つからないままほとんど強引に押し切られてしまったのだという話だった。

僕が卒業してしまったあとも、かれんはあいかわらず生徒たちから慕われているんだなと思うと安心もしたけれど、同時に少し寂しくもなった。僕らの学年と過ごした一年間だけが、いつまでも彼女にとって特別なものだったらいいのにと思った。少なくとも僕にとってはそうだったからだ。

「中、もう見たか?」

僕が訊くと、丈と京子ちゃんはそろって首を横にふった。

「勝利より先に見ちゃ悪いかなと思ってさ」

ニヤニヤしながら言った丈の後頭部を、

「お前はいちいち、」僕はパカンと平手ではたいた。「一言多いんだよ」

と、中からひょいっとかれんの顔がのぞいた。

「わあ。やっぱり来てくれたんだ、ショー……」

慌てた僕が(ばかっ)と口だけ動かすと、彼女はハッと気づいて「リ」の字を飲みこみ、

「……と、京子ちゃん」

そう苦しまぎれに付け足した。かれんと僕がいとこ同士だとか一緒に住んでるとかいっ

た事情は、僕の在学中ずっとひた隠しにしてきたわけで、今になってわざわざ生徒たちの前でばらす必要もない。なのに、

「姉貴、姉貴」丈は自分の鼻をしきりに指さして、言わずもがなのことを言った。「オレは、ショーじゃなくてジョー。……あ痛ってぇッ」

遠慮なくもう一発お見舞いしてやった。

と、ふいに京子ちゃんがプーッとふき出しながら僕の袖をひっぱった。

「ねえねえ勝利くん、あれ見て。おっかしい！」

指さす先を見ると、隣の英語研究会《ESS》の教室につながる壁には、ばかでかい紙に描かれたウルトラマンが貼《は》りついていた。口のそばには「シュワッチ！」というフキダシも貼ってある。左手のひじとこぶしを脇腹のあたりに引きつけ、右手のこぶしを頭上につきあげたおなじみの姿で飛ぶウルトラマンは、ものすごくリアルで、平面なのに立体的だった。さすがは美術部だ。おまけによくよく見ると、ウルトラマンの胸で光っているピコンピコンのランプは、なんと壁から飛び出た火災報知器の赤ランプを利用してあるのだった。

「上手にできたでしょ。部員みんなで描いたのよ」

かれんが胸を張る。

「いいんですか、花村先生」と僕は言った。「非常ボタン、ウルトラマンの頭で隠れちゃ

ってますけど」

「大きな声で言わないのっ」かれんは僕をにらんだ。「あと半日だけ見つからなきゃいいんだから」

「教師のセリフとは思えねえな」

と丈が言い、僕は思わず笑ってしまった。これだけ目立っててまだ見つかってないことのほうが奇跡なのだが、まあ、いずれにしてもあと半日だ。幸運を祈るしかない。

「さ、和泉くん」と、かれんは言った。「丈も京子ちゃんも、入ってゆっくり見てって。力作ぞろいよ」

そうはいっても、やっぱりいちばん気になるのはかれんの絵だった。というか、正直言って見たいのはかれんの絵だけだった。いったいなんの絵を描いたんだろう。夏休み明けから二階の部屋でしきりに描いていたのは知っていたが、彼女は恥ずかしいからと言って一度も見せてくれなかったのだ。

「もしかしてさ」後ろから丈がヒソヒソささやく。「うちの誰かさんの肖像画だったりしてさ。そいでタイトルが、『こ・い・び・と♡』なんてのだったら勝利、どーするどーする?」

「お前、いいからあっち行ってろよ」

と僕は言った。

ぐるりと美術室の中を眺めわたす。かれんが授業中に居眠りをした窓辺。その向こうにひろがる住宅街の屋根の連《つら》なり。そんな景色さえ懐かしい。

水彩画に続いてデッサンのコーナーがあり、中央には机をいくつかくっつけた上に黒い布がテーブルクロスのようにかけられて、七宝焼《しっぽうやき》のペンダントやブローチなどが展示されていた。その中のかれんの作品は小ぶりの絵皿二枚だった。紺色の地に、片方には月、もう片方には太陽が描かれている。そのまま売り物になりそうな出来だ。

器用なものだなと僕は思った。こんな細かい作業ができるくせに、どうして家事となるとタクアンさえまともに刻めないんだろう。謎《なぞ》だ。

その隣は焼きもののコーナーだった。皿や小鉢やぐい飲みや、白っぽいのや黒っぽいのや、釉薬《うわぐすり》のかかったのやかかってないのや……。ここにも、かれんの作品はちゃんとあった。不思議な味のある手びねりの器たちだ。あたたかな感じの白地に青一色で、つる草や小鳥などをモチーフにした素朴な模様が描かれている。

これもみんな、房総《ぼうそう》から採《と》ってきた土をこねて焼いたんだろうか。

そっと手に取って裏返してみると、糸底《いとぞこ》の真ん中には小さな四角で囲まれた「花」の字が入っていた。

（そうなんだよな）

と、沁《し》みるように僕は思った。

（血がつながっていようがいまいが、かれんはちゃんと花村家の娘なんじゃないかよな）

どんな気持ちで、彼女はこの一字を選んでここに書きこんだのだろう。

そんなことを思いながら、ふっと視線を上げたその場所に――その絵はかかっていた。

油絵風のタッチの風景画だった。真っ青な海と空、緑深い山……。ひと目見て、僕にはそれがどこなのかわかった。名札なんか見なくても、かれんの絵に間違いない。

山の頂上に建つ巨大な彫刻。大海原《おおうなばら》に向かって両腕をひろげ、風に衣をはためかせる石の女神。それは、かれんの本当のおばあちゃんが暮らす房総半島鴨川の、展望台のてっぺんに立っている女神像だった。見忘れるわけがない。僕とかれんは、この女神さまの足もとで初めてのキスをしたのだから。

絵の下の札に目をうつす。花村かれんの名前の横に、タイトルが書かれている。

――『未来』。

この世界の未来、という意味だろうか。それとも、僕らの未来を思ってこの絵を描いたのだろうか。どちらでもいい。その二つは相反しない。

僕はふり返り、かれんを目でさがそうとして、びっくりした。

教室には誰もいなかった。もともと人は少なかったけれど、さっきまでいた父兄や生徒の姿もなく、丈と京子ちゃんさえどこにも見えない。先に出ていったのだろうか？　僕に何も言わずに？

不思議に思って戸口のほうに近づいていった僕の耳に、聞き覚えのあるキンキン声が飛びこんできた。教頭先生だ。

戸口から首をつき出してみると、丈たちはそこにいた。

「何やってんの」

声をかけた僕をふり返り、丈が口をへの字にして肩をすくめる。

僕は目を上げた。美術室前の廊下にいるのは、僕らのほかに部員らしい生徒が二、三人と、その横にかれん、向かい側に教頭。

その教頭が、相も変わらずネチネチとかれんに説教をたれているのだった。

「何を考えとるんだか」

やせぎすの教頭は、大げさなしかめっ面《つら》を作って言った。体型から七三分けの髪型に至るまで、七か月前と一ミリも変わっていない。たぶん性格もだ。

「生徒たちがこういうばかな真似《まね》をしたがったときに、注意して止めてこそ教師というもんでしょうが。それをあなた、一緒になってお絵描きしとったんじゃ、まるで漫画じゃないですか。ええ？」

　僕が眉を寄せて隣を見ると、丈はささやいた。

「あのウルトラマン、姉貴も一緒に色塗ったんだってよ」

　かれんが、弱りきった顔でぺこんと頭を下げる。

「……すみません」

「しっかりして下さいよ、花村先生」教頭はしつこかった。「まったくあなたには困ったもんだねえ。いつまでたっても学生気分が抜けきらなくて」

　僕は、思わずこぶしを握りしめた。そんな言い方はないだろうと思った。教頭の言ってる理屈がすべて間違いだとは言わないけれど、何も生徒たちの前でチクチク嫌味《いやみ》を言わなくたっていいじゃないか。どうしても注意したいなら、どこか隅のほうへでも連れてって話せばいいのだ。あれじゃ、かれんの立場がない。

　今すぐにでもあそこへ出ていって彼女を背中にかばってやりたかったけれど、もちろんそんなことをするわけにはいかなかった。それは一人前の社会人としての彼女の面子《メンツ》をかえってつぶすことになるだろうし、だいいち僕が出ていくと問題がよけいにこじれてしまう。教頭から見れば僕なんか、ついこのまえ卒業したばかりの生徒にすぎないのだ。

「とにかく、今すぐ取りはずさせなさいよ」と教頭は言った。「文化祭と言ったって、遊びじゃないんだから。程度の低いおふざけは困る」

端のほうにいた部員の女の子の顔が、泣きそうな形にゆがむのがわかった。

「あの、」

急にかれんが口をひらいたので、みんなの視線がまるでテニスボールを追う観客みたいに動いた。

「お言葉ですけど……私も生徒も、決してふざけてたわけじゃありません」

教頭は、メガネの奥で片目を細めた。

「花村先生」わざとらしくゆっくりと言って、これまた大げさにため息をつく。「まさかこれを、芸術作品だとでもいう気じゃないでしょうな。これがおふざけでなくて、なんだというんですか」

「ユーモアです」

と、かれんは言った。もしかして体を宇宙人にでも乗っ取られたんじゃないかと疑いたくなるくらいの、きっぱりとした口調だった。

僕は、ごくりとつばを飲み下した。

「教頭先生のおっしゃるとおり、警報ブザーのボタンを覆《おお》うのを許可してしまったのは軽率でした。それは私の落ち度です」

けんめいに顔を上げようとしながら、かれんは言った。

「でも、生徒たちはほんとうに真剣に取り組んだんです。確かに、みんな……私も含めて、ずいぶん面白がって楽しんで描きましたけど、この作品を見た方たちにも、同じくらい楽しんで笑って頂けたと思います」

「笑わせればいいってもんじゃないでしょうが」

「もちろんです。でも、人を不快にさせることなく笑わせるって、とても難しいことでしょう？　意表をついたアイディアで人の目を楽しませる――それって、立派にユーモアじゃありませんか？　その意味において、私はこれを単なる生徒たちのおふざけだとは思いませんし、ましてや程度が低いとも思いません。そこはわかってやって頂けませんか」

廊下が、しんとなった。

みんなが固唾《かたず》をのむ。

教頭のこめかみが、ぴくぴくひきつる。

そのときだ。

「まあまあ、花村先生。そう熱くならないで」

はっと見やると、隣のＥＳＳの教室から、見覚えのある顔がのぞいていた。

出たな、中沢《なかざわ》……と僕は唇をかんだ。あいつめ、ＥＳＳの顧問だったのか。

中沢博巳《ひろみ》。英語の教師で、『風見鶏』のマスターの大学の後輩で、同時に、丈がときどき助っ人《すけと》に参加する草野球チームのメンバーでもあり、さらには僕の恋敵《こいがたき》でもある。決して悪い人じゃない。ハンサムだし、背も高いし、センスもいいし、優しくて包容力のある男だってこともわかってる。だからこそ、僕としては気にいらないのだ。

「それくらいのこと、ほんとは教頭先生だってわかってらっしゃるに決まってるじゃないですか」戸口の上の桟《さん》にぶらさがるような格好で手をかけながら、のんびりと中沢氏は言った。「それでも立場上、注意しないわけにいかないだけなんだから。そのへんのことは、それこそ花村先生のほうがわかってさしあげないと。まあ、生徒たちをかばってやりたい気持ちはわかりますけどね」

「すみません……つい」と、かれんはまた頭を下げた。「私ったら、そこまで考えがまわらなくて」

くそ、と僕は思った。中沢の野郎、あいかわらず調子いいことばっかこきやがって。丸くおさめりゃそれでいいのかよ。

でも、それすらも僕にはできなかったのだ。ただぼんやりつっ立っているだけで、とりなすどころか彼女をかばうことも、いや、口をはさむことさえできなかった。

無力感が、漬物石《つけものいし》みたいに僕をゆっくりとおしつぶす。中沢氏は、その上からさらにぐいぐい踏んづけるようなことを言った。

「でも教頭先生、この際もうちょっとだけ目をつぶっててやりましょうよ。せっかくこれだけの大作なんですから」

「いや、しかしねえ」

窮地を救われてホッとしたのを顔に出すまいとするせいか、教頭はますます頰をゆがめた。

中沢氏がちらりと僕を見る。ツイードのジャケットが、憎たらしくなるくらい良く似合っている。僕は奥歯をかみしめて見返した。

「どうせあと四時間ばかりで後夜祭《こうやさい》ですし」僕から教頭に目を戻しながら、中沢氏は続けた。「それまでは、自分と花村先生で気をつけて見ているようにしますから」

「かなわんなあ。こう多勢《たぜい》に無勢《ぶぜい》とあっては……」

教頭はそう言って、とうとう苦笑いをもらした。

「ま、そこまでおっしゃるなら、あとは中沢先生にお任せしますよ」

それは、かれんには任せられないって意味かよと僕は思い、去っていく教頭を後ろから蹴とばしたくなった。まったくどこまでも嫌味なおっさんだ。

部員たちをうながして美術室に戻らせてから、かれんは中沢氏に向かって深々と頭を下げた。

「どうもありがとうございました」

「いやあ、びっくりしましたよ。花村先生にもあんな熱血なところがあるなんて。なんか、ちょっと意外だったなあ」

「いえ、べつにそういうわけじゃなくて、ただ単にその……」かれんはいたずらっぽく微笑むと、小さい声で言った。「天敵なんです」

中沢氏はげらげら笑いながら、ふと丈たちに目を移した。

「あれ、きみらも来てたのか」

「この世渡りじょうずー」

と丈が冷やかす。

「ばかだな、それが大人の才覚ってもんさ。なあ勝利くん」

取ってつけたような物言いに、なんだか無視されるより腹が立った。

ESSの教室に中沢氏が引っこんでしまったあと、僕らはなんとなくまた美術室に戻ったけれど、窓からふんだんにさしこむ日の光のまぶしさにもかかわらず、気分はまったく晴れなかった。丈や京子ちゃんのはしゃぐ声がうるさく聞こえるほどだった。

目の前をスッとかれんが横切ろうとしたとき、

「なあ」

僕はたまらずに声をかけた。

ん？　と、無邪気に彼女がふり向く。教頭に絞られたことなんか気にもしていないようだ。授業中に居眠りしたときもそうだったが、こいつは見かけによらず打たれ強い。

「……なんでもない」

「なあに？」

「いや……」僕は急いで言葉をさがし、まわりに聞こえないように小声で言った。「お前、絵がうまいんだな。初めて知った」

かれんはくすくすと笑った。

「絵のへたな美術教師なんているのかしら」

「そりゃそうだろうけどさ」

生徒に呼ばれて「はぁい」と行ってしまう彼女の背中から目をそらし、僕は壁にかけられたあの絵を見やった。

――未来。

かれんの瞳《ひとみ》にはいったい、どんな未来が見えているんだろう。そのとき彼女の隣にいるのは、本当にこの僕なんだろうか。

両肩をつかんで、聞きただしたかった。

3

たとえば僕が『風見鶏』のマスターに憧《あこが》れるのは、マスターが寡黙《かもく》で渋い男だから、なんかじゃない。いくら口数を少なくして形だけ渋く決めてみたところで、中身が備わっていなければなんの意味もないし、すぐに底が知れてしまう。

僕がマスターをすごいと思うのは、彼がすべての状況を把握した上で「待つこと」のできる人間だからだ。実の妹のかれんに対して自分からは兄だと明かさなかったのもその表われだし、かれんと僕との関係をとやかく言わないのもそうだ。答えを出すのを焦《あせ》らず、相手が迷っていても急《せ》かさず、よけいなことは何ひとつ言わずに必要最低限のことだけを口にして、時が満ちるのをじっと待つ……それがどれほど難しいことか、今の僕にはよくわかる。こういうときこそ自分が試されるんだってことはもちろん、どうするのが一番正しいかもよくわかっている。

それでも、思うとおりにはいかなかった。

本来なら、久しぶりの文化祭をもっと楽しめたはずだ。力自慢のレスリング部の連中はチョンマゲのかつらをかぶり、「かごや」と称して学校から駅まで一回五十円でお客をかごにのせて運んでいたし、パソコン部の占いコーナーは『コンピュータが予想するあなたの未来！』と題しているくせに、カップルのうちの女のほうがちょっと可愛《かわい》かったりすると、わざと男のほうにボロクソのデータを出して別れさせようとたくらんでいた。

あるいはまた、科学部が研究発表をしている生物室では、「開けて下さい」と札のさがった戸棚を開けてみると骨格標本のガイコツが花柄のエプロンと三角巾《さんかくきん》姿で黒板消しを持っていた。京子ちゃんは悲鳴をあげて飛びのき、丈はしゃがみこんで笑っていたけれど、僕はなんとか少しだけ笑ってみせるのがやっとだった。

情けないと思いながらも、どんより暗くなってしまう自分をどうにもできなかった。こんなことじゃいけない、なんていくら思ってみたところで無駄だった。そもそも、そんなことを考えているうちは腹の底から笑えるはずがないのだ。

とにかく約束は約束だったので、二時すぎからは矢崎や狩野たちと合流して陸上部の公開試合を見た。空はあいかわらず隅々まで晴れわたり、十一月にしてはずいぶん暖かだった。

グラウンドの端の草むらに座って膝《ひざ》をかかえながら、僕はずっとひとつのことを考え続けていた。

かれんのやつは、いつもあんなふうに中沢氏からかばわれたり気づかわれたりしているんだろうか。

これまで僕は、自分のほうに絶対に分《ぶ》があると思ってきた。いくら中沢氏がかれんのことを好きだって、同じ家に住んでいる僕にかなうわけがないじゃないか、と。

でも、よくよく考えてみると、かれんがつらい目にあったり大変な思いをしたりする場所は、家の中じゃなくてむしろ外なのだ。そういう場所でいつも盾《たて》になってくれる男がいたら、そいつを憎からず思うようになっても全然不思議じゃない。

(あなたったら、『そばにいてくれたらなあ』って私が思う時、いつもちゃあんとそこにいるんだもの。好きになるなっていうほうが無理だわ)

鴨川の展望台の上で最初のキスをしたあと、かれんは僕にそう言った。

でもそれは、今となっては中沢氏にこそあてはまることなんじゃないだろうか？　ああして社会へ出て働いているかれんが、誰かそばにいてほしいと思うときにいてやれるのは、僕なんかじゃなくて、同僚である中沢氏なんじゃ……？

「……ずみってば！」

横から思いきりどつかれて、我に返った。

「……え？」

「え、じゃねえよ。なんだよそのフヌケた面《つら》」

どついたのは狩野だった。

「試合、とっくに終わったぜ」

「あ、うん」

「お前ら、もっぺん部室行く？」

「いや……ええと」僕は隣に座っていた矢崎の顔を見やった。「どうする？」

「あんまり邪魔してやってもな。あいつらはあいつらなんだし」

矢崎は、僕が考えていたのと同じことを言った。試合の結果がどうあれ、後輩たちには後輩たちのやり方があるだろう。僕らはもう、ここの人間ではないのだ。

「ほんじゃま」と狩野は言った。「オレらは先に帰らしてもらうわ」

狩野の横で、小島夕子がぺこんと僕らに挨拶《あいさつ》する。

「また今度、ゆっくりな」

と矢崎が言った。

「ああ」

じゃあね、と微笑んで手をふった小島と、その横に並んでゆっくり歩いていく狩野を、しばらく僕らは黙って見送った。

狩野のやつ、なんだか印象が変わったなと僕は思った。目もとの表情が優しくなったせいかもしれない。以前は何かといえばとんがってばかりいるやつだったが、よけいなトゲが全部取れて、それなのに逆にひとまわり大きくなった気がする。

自分のことと引き比べてまた不安になる。僕はどうなんだろう。僕もそうやってちゃんと成長しているのだろうか。福岡でかれんが話していたように、いつのまにか成長が止まって彼女の後ろを歩いてるとしたら、いつかきっと置いていかれてしまう。いや、その日はもうすぐそこまで迫っているかもしれないのだ。

「あーあ、腹へったなあ」

少し離れて座っていた丈が、うーんと伸びをしながら聞こえよがしに言った。

「京子、お前は腹へらねえ?」

「うん、へったへった」

うらやましくなるほど能天気なやつらだ。

「そういえば中庭に、うまそうなもん売ってる店いっぱいあったなあ」と丈。

「急がないと、そろそろ片づけに入る時間じゃないか?」と矢崎。

「え、うそ、やべえな。でもオレ、もう金ないんだよなあ」丈がちらちらと僕のほうを見る。「あーあ、どっかに財布でも落ちてねえかなあ。それともいっそのこと、食券売り場でも襲撃しようかなあ」

「ああもう、うるせえな」うんざりしながら、僕は手をついて立ち上がった。「わかったよ、おごってやるよ」

「やった！」

と二人が声をそろえる。あまりの調子の良さに、矢崎は笑いだしながら自分も立ち上がり、ジーンズのケツについた落ち葉と砂をはらった。

「じゃ和泉。俺もう行くわ」

「あれ、帰んの？」

「いや、ちょっと寄るとこがあるから」

「あっ、さては矢崎さん、彼女でも待たせてるんでしょ」

物怖《ものお》じというものを知らない京子ちゃんが、さっそく冷やかしにかかる。

「あれ、やっぱわかる？」

「えっ、ほんとにそうなの？」京子ちゃんの声が裏返った。「あたし見たい、矢崎さんの彼女！」

「見てどーすんだよ」

丈のツッコミなど無視して、京子ちゃんは見たい見たいと騒ぐ。腹がへってるなんて言ったくせにずいぶん元気がいい。いつでもパワー全開のこの子を見ていると、僕は時々ものすごく疲れる。平気でつき合っている丈を尊敬したくなるほどだ。

「どこで待ち合わせしてるんですか？」

「ん？」矢崎は意味深《いみしん》に声を低くした。「ほ・け・ん・し・つ」

「もう、何それ」京子ちゃんは笑った。「もしかして、同じ大学の人？」

「ブーッ」

「じゃあ、この学校で一緒だった人？」

「まあね」

なんだそれ、と僕は思った。全然知らなかったぞ。

「つき合って長いの？」

矢崎はクスッと笑った。

「そりゃもう。なんたって俺ら、生まれる前から一緒だもーん」

「やっだぁ」京子ちゃんは矢崎の背中を平手でぶったたいた。「このロマンチストー。言ってて恥ずかしくありませんかあ？」

「お前の大声のほうが恥ずかしいよ」

と丈が言い、矢崎はげらげらと笑った。こいつは昔から、機嫌がいいと妙に饒舌《じょうぜつ》になる傾向がある。案外、ほんとうにこれから恋人と会うのかもしれない。

(生まれる前から一緒だもん、か……)

なんだかうらやましかった。いったいどうすればそんなふうに、自分と相手との絆《きずな》にゆるぎない自信を持てるんだろう。

「そいじゃな」

ひょいと手をあげて歩きだした矢崎の背中へ、性懲《しょうこ》りもなく京子ちゃんが言った。

「ねえってば、ほんとのほんとはどこで待ち合わせ?」

矢崎がふり向き、肩越しに笑って言った。

「だから、ほ・け・ん・し・つ」

そうして本当に、保健室のある校舎のほうへ歩いて行ってしまった。

「なーんか変わった人ォ」見送りながら京子ちゃんが言った。「こう言っちゃなんだけど、話しててすっごい疲れちゃった」

僕と丈は、深々とため息をついた。

旧校舎と新校舎をつなぐ渡り廊下の下をくぐって、僕らは中庭へと向かった。その道すがら、京子ちゃんは首からかけているネックレスを見せてくれた。

「ほらっ。いいでしょ」

細い革ひもにいくつもの木の実を通して先っぽに本物の鳥の羽根をつけたそれは、どこかウエスタン風で、なかなかしゃれている。

「手芸部で買ってもらったの」

「大枚五百円もはたいちまったよ」

と丈。どうやらそれで金欠になったらしい。

「へえ、いいじゃん」

と僕は言った。

「それだけぇ?」

いつかの丈の言葉を思いだして、

「似合ってるよ」

そう言ってやると、京子ちゃんはやっと満足したように黙ってくれた。

でも、それも中庭に着くまでだった。

「あ、あたしチョコバナナが食べたい!」

指さして叫んだ京子ちゃんを、丈が慌てて止める。

「お前、女なんだからさあ。あんま人前でそういうもん食うなよな」

「えー何それ、差別」

「そうじゃなくてさあ」

「じゃなんでだめなのよ」

「だからそれはさあ」

「あ、じゃあね、フランクフルト」

「やめとけっちゅーの」

矢崎の予言は正しくて、すでに焼きそばやラーメンの屋台は片づけに入っていた。麺《めん》がなくなってしまったらしい。向こうの隅ではアメリカンドッグや串《くし》に刺したパイナップルなんかが半額のたたき売りをやっている。腕時計を見ると、もう三時半をまわるところだった。

結局二人は、僕にクレープとタコ焼きを買わせ、ようやくベンチに落ち着いた。

「勝利は食わねえの?」

「少食なんだ」

丈が、けけけっと笑った。「食欲がないんだ、の間違いじゃなくて?」

黙って蹴りを入れてやる。

コーヒー(という名の茶色いお湯)を買ってきた僕が、丈の右隣に腰をおろしたときだった。

キイィィーンと金属音が響いた。誰もがいっせいに耳をふさいだところで、放送が入る。

『文化祭実行委員会より、生徒の皆さんに連絡します』

舌っ足らずの女子の声が、みごとな棒読みで読み上げる。

『投票は、もう済みましたか。まだの人は、今すぐ図書室と音楽室にある投票箱に投票して下さい。投票用紙は箱の横に用意してあります。締め切りは四時、結果発表は後夜祭にて行います。……くり返します。文化祭実行委員会より……』

「とーひょーっへ、らんろ?」

タコ焼きを口いっぱいに頰張った丈が訊《き》いた。佐恵子おばさんなら、いっぺんに叱《しか》りつけているところだ。

「昔っからの、文化祭の恒例でさ」仕方なく説明してやる。「全校生徒の中から『Mr.《ミスター》光が丘西』と『Ms.《ミズ》光が丘西』なんてのを選ぶわけさ」

「うわ、だっさー」

「まあな」

しょうがない。恒例と名のつくものはたいていそういうものだ。

「毎年おんなじ人が選ばれたりしないの?」

と京子ちゃん。

「うん、それはない。いっぺん選ばれたやつは次の年からは除外されるんだ」

「ふうん。去年は？」

「えーと確か、男子バスケのキャプテンと図書委員の二年の女子じゃなかったかな。おとしは、小島夕子と誰かだった」

「勝利くんは選ばれたことないの？」

僕は苦笑した。

「あるわけないだろ」

バスケみたいな華やかなスポーツと違って、陸上なんてのは存在自体が地味なのだ。いや、べつに、だから選ばれなかったというつもりはないし、選ばれたかったわけでもないけれど。

「それはそうとさ、どうする？」と丈が言った。「勝利、後夜祭まで残る？」

「そのつもりだけど、お前らはどうするんだ？」

「残るよ」

「いいのか受験生」

「いいんだよ。こういうときのために、ふだんはまじめにやってんだから」

うそつけ、と思いながらも、それは言わないでおいてやった。丈だって京子ちゃんの前ではいいカッコしてみたいだろう。

と、丈がひょいと顔を寄せてきてささやいた。

「勝利、姉貴が終わって出てくるまで待ってるつもりっしょ」

「な……なんだよいきなり」

「中沢さんと二人きりにさせてたまるか、とか思ってんでしょ」

「………」

図星だった。

「でもさあ」丈はわけ知り顔に言った。「あんまし束縛《そくばく》しすぎもマズいんじゃねえの。女ってのは、追いかけると逃げてくものらしいぜ」

「人のことはいいから」と僕は言った。「前歯の青ノリなんとかしろよ」

「げ」

丈は慌てて口を手で覆った。

(追いかけると逃げるだって?)

僕は唇をかんだ。かまうもんか。逃げられるものなら逃げてみろ、どこまでだって追いかけてやる。

……胸の奥がくさくさして、背後から誰かに急《せ》きたてられているように落ち着かなかった。胃が痛み、ひどく気が短くなっているのがわかる。なんだか、自分が自分じゃないみたいだ。

とにかく、今日だけは中沢氏をかれんと一緒に帰らせたりするわけにはいかないのだ——あんなことがあった今日だけは。家は途中まで同じ方角だし、ふだんどうしてるのかは知らないが、僕がいる以上、たとえ駅までだって、いや正門までだって二人きりにさせるものか。玄関前でかれんを待っていて、そこからまっすぐ家まで連れて帰ってやる……。

でも僕は、この期《ご》に及んでまだわかっていなかった。悪い事態ってやつは、いったん斜面を転がり落ち始めたら、どん底にたどりつくまで止まらないってことを。

六時からグラウンドで行われた後夜祭で、例の投票結果が発表された。今年の「Mr.＆Ms.光が丘西」は、それぞれ二年の男子と三年の女子だった。

ところが、彼らが表彰されたあと、壇上《だんじょう》の文化祭実行委員長はマイクに向かってこう宣《のたま》ったのだ。

「えーそれでは、皆さんお楽しみのもうひとつの結果発表です。今年から、先生がたの中からもMr.とMs.を一人ずつ選ぶことになったわけですが……」

この瞬間襲ってきたいやな予感は、またたく間に現実になった。栄《は》えある初代のMs.ティ

ーチャーとやらに選ばれたのが、

「花村かれん先生！」

なのは当然の結果だけれど、僕にとって最悪だったのは、こともあろうにMr.のほうが、

「中沢博巳先生！」

だったことだ。

盛大な拍手の中、壇上に並んで生徒から賞状を受け取る二人を、僕は胃の痛みをこらえながら見上げていた。かみしめた奥歯がめりこんでしまいそうだった。

と、すぐそばでかたまっていた女子生徒たちが、クスクス耳打ちしあうのが聞こえてきた。

「あの二人ってさ、お似合いだと思わない？」

「え、うそ、私も前からそう思ってたの！」

「ねえねえ知ってる？　今日なんかさ、花村先生が教頭からいじめられてるとこ、中沢先生がかばってあげたんだってよ」

「やーん何それ」

「もしかして中沢って、花村先生のこと好きなんじゃないの？」

「そうだよきっと！　でなきゃ、かばったりするわけないもん」

「案外、もう恋人同士だったりしてね」

「可能性はあるよね」

ねえよ、そんなもん！　と怒鳴りつけたくなるのをぐっとこらえる。

けれど、誰が考えることも同じらしい。壇のすぐ足もとにいる男子たちが、二人の関係をからかった野次《やじ》を飛ばした。かれんが恥ずかしそうにうつむくのを見て、生徒たちの中から好意的な笑いが起こり、ヒューヒューと口笛が鳴る。

なんで照れたりなんかするんだよ、と僕は苛立《いらだ》った。中沢のことをほんとになんとも思ってないなら、平然とかまえていればいいじゃないかよ。

その苛立ちはずっと尾を引き、それどころかどんどんひどくなり、ようやく八時すぎに正門を出てくるかれんをつかまえたときには、ほとんど神経が切れそうだった。

「うわあ、待っててくれたの？」

と、かれんは無邪気に笑った。

なんとか無理に笑い返した。かれんは何も悪いことなんてしていないのだ。こんなふうに僕に笑いかけてくれるだけで充分じゃないか。これ以上、何を望むことがある？　そう自分に思いこませようとした。

「……中沢氏は？」

なのについ、そう訊いてしまう。

「まだ教員室にいらしたけど。何か用事？　呼んできてあげようか？」

「あ、いや、いいんだ。一緒かなと思っただけだから」

「ずいぶん待ったんじゃない？」

「そうでもないよ」と嘘をつく。「ついさっきまで丈たちも一緒だったし。玄関前で待ってようかとも思ったけど、さすがに目立ちすぎるんでやめた」

かれんはクスクスと笑って、白いダッフルコートの前を合わせた。

「寒いか？」

「ううん、大丈夫。ショーリこそ」

「俺は平気」

どちらからともなく、並んで歩き始めた。生徒はもうみんな帰ってしまったらしく、正門前の桜並木の道はしんと静まり返っている。

「さすがに夜は冷えるようになってきたわね」

空を見上げながら、かれんが言った。

僕も見上げる。昼間の晴天にふさわしい星空だった。

「早いよなあ。来月はもう年賀状書かなくちゃいけないんだぜ」

「つい先月書いたばっかりみたいな気がするのにねえ」

「いや、それはちょっと大げさだけどさ」

するとかれんは、ふーんだ、とふくれた。

「歳《とし》とるとね、一年のすぎるのがどんどん早くなってくものなのー。ショーリだって、あと五年たったらわかるわよーだ」

彼女が軽い気持ちで言ったのはわかっているけれど、今は歳の差の話なんて聞きたくなかった。

話題をかえようと、

「何、それ」

彼女のぶらさげている軽そうな紙袋を指さす。

「あ、これね、綿菓子」

かれんは中からぱんぱんにふくらんだビニール袋を一つ出してみせた。ピンクと白の綿菓子が半分ずつ詰まったビニール袋が、紙袋の底にはなぜかもう一つ入っている。

「ショーリ、後夜祭見てた?」

「……うん」

「これが、あれの賞品なんですって」

と言って、かれんはまたクスクス笑った。

「二つともか？」

「ううん、一つは中沢先生がくれたの。あの人、甘いもの苦手だから」

「……よく知ってるんだな」

「何が？」

「中沢氏が甘いもの苦手だなんてさ」

「だって、よく教員室でおやつ配ったりするから……」

かれんは何かを察したらしく、そのまま黙ってしまった。

去年まで三年間通った道にそって、角を右へ曲がる。シャッターの閉まった寂しい商店街を抜けていく。

かれんが少し遅れたのがわかっていながら、僕は足をゆるめなかった。小走りになった彼女が僕に追いつき、すぐに遅れてまた小走りになる。

「ねえ」息をはずませて、かれんは言った。「ねえってばショーリ、何怒ってるの？」

「怒ってないよ」

「じゃあ、どうしてそんなに早く歩くの？」

「いつもと同じだろ」

「同じゃないから言ってるのに……」

いきなり立ち止まった僕の背中に彼女がぶつかって「きゃっ」と叫ぶ。

僕はふり向いた。

かれんが、びっくりした顔で見上げている。瞳の中に、向こうの街灯の光が映ってきらきらしている。僕の影が映っているかどうかまでは、暗すぎて見えない。そんなつまらないことにまで、不安でたまらなくなる。

ひじをつかむと、かれんはまた小さく叫んだ。

「ど、どうしたの、ショーリ」

ぐいぐい引きずって、薬局と美容院の間の細い脇道へ引っぱりこむ。両側はもう、普通の民家だ。

ブロック塀に覆いかぶさるように茂った木の下、街灯からも星明かりからも陰になった暗がりで抱き寄せようとすると、すっかり混乱したかれんが、とっさに僕の胸を押し戻した。それが癪《しゃく》にさわって、力ずくでブロック塀に押しつける。

「痛いったら……」かれんは苦しそうに身をよじり、細い声をもらした。「ねえ、どうしたの」

聞こえないふりで、ますますきつく押しつけて抱きしめる。

お互いの体の間にはさまっていた紙袋がひしゃげてぐしゃぐしゃになり、中のビニール袋までがひとつ、プシューッと音をたてながらつぶれていった。かれんの顔との距離がそのぶん縮まる。

僕は夢中で唇を重ねた。むさぼりつくすようなキスだった。

(だめだ、これじゃ乱暴すぎる……)

わかっているのに、ブレーキがきかない。体の中で何か邪悪な獣《けもの》が暴れ狂っていて、自分ではもう手がつけられないのだ。

やがて息が苦しくなり、それ以上どうやってもキスを続けられなくなってから、僕は唇をもぎ離した。

後ろめたくて、かれんと目を合わせられなかった。彼女の頭のてっぺんにあごをつけるようにして、ブロック塀に額を押しあてる。コンクリートの冷たさが、のぼせきった脳みそをゆっくり冷やしていく。

そのまま僕らは、無言で互いの息づかいを聞いていた。

なんて言えばいいのかわからなかった。何を言っても、今よりもっと傷つけてしまう気がした。

と、ふいにかれんが身じろぎした。

てっきり押しのけられるのかと思ったのに、彼女の腕は僕の背中にまわされ、そっと、柔らかく包みこむように僕を抱きかかえた。

あまりの彼女らしさに、僕は不覚にも涙ぐみそうになってしまい、慌てて歯を食いしばった。なんでこいつは、こんなにばかみたいに優しいんだろう。どうしてこいつが、僕なんかで満足してるんだろう。

やがてかれんは、聞き取れないほど小さな声でささやいた。

「ショーリは……信じてくれないの？　私のこと」

ぎくりとした。何もかも見透《みす》かされたようで、カッと頬が熱くなる。

「ばか、信じてるにきまってるだろ」

声がかすれた。

「じゃあ……どうして？」

僕は黙っていた。ほんとのことなんて、情けなくて言えるわけがなかった。いま僕が何を訊いたところで、彼女はきっと、中沢氏のことなんかなんとも思っていないと答えるだろう。そしてそれが今のところ本当だということを僕も知っている。でも僕の不安は、今のことなんかではないのだ。

厳密に言えば、僕がこんなどうしようもない嫉妬《しっと》を感じている対象は中沢氏本人ではないのかもしれなかった。中沢氏はただ、「今そこにある危機」みたいなものにすぎないのかもしれない。もう自分でも何がなんだかわからなくて、そういうモヤモヤした感情を説明したいと思うのにできなかった。うまく説明しようとすればするほど、かれんを信じていないという結論につながってしまいそうだった。実際、ほんとは信じてないんじゃないだろうかとさえ、ひそかに思った。

さんざん言葉をさがし、迷いに迷った末に、僕はようやく言った。

「……ごめん」

かれんは僕の胸に額をおしつけたまま、かすかにだけれど首を横にふってくれた。

でも、このとき僕は、気づかなかった。

自分がぺしゃんこにしてしまったものが、綿菓子だけではなかったということに。

4

こうばしいコーヒーの香りが店じゅうにたちこめている。こて跡の残る白いしっくい塗りの壁に、秋の終わりの弱々しい日ざしが薄く影を落とす。

マッカートニーが歌う『ハロー・グッドバイ』の最後のコーラスがくり返される中、べースギターの刻むリズムとは微妙にずれた音で、古い柱時計が午後の四時を告げた。

『マジカル・ミステリー・ツアー』──ビートルズ自らの作ったテレビ用映画のほうはやたらとシュールで失敗作だと言われたそうだが、そこで使われた曲を収めたこのアルバムは、最高傑作と呼ばれた前作『サージェント・ペパーズ・ロンリー・ハーツ・クラブ・バンド』に引き続きヒットした。ただしこのあたりから、ビートルズのメンバーたちには一つのバンドとしての意識が希薄《きはく》になり始め、ソロとしての活動が目立つようになっていく……というのは、まるごとマスターからの受け売りだけれど。

(ハロー・グッドバイか)

手の中でボールペンをくるりと回す。

この曲のカップルほど極端な心のすれ違いは、僕とかれんの間にはまだ起こったことがない。なぜなら今までのところ、かれんがイエスと言うことに僕がノーと言ったためしはなかったからだし、僕がどこかへ行こうと言えば、たいてい彼女もついてきてくれたからだ。

そう、僕らはどこから見たってうまくいっているはずだった。文化祭の帰り道でのあの僕のわがままだって、かれんは翌日にはもうすっかり忘れたように微笑んでくれた。お互いの間にしこりは何も残っていないはずなのだ。でも……それならどうして僕は、こんなに落ち着かないんだろう?

曲が『ストロベリー・フィールズ・フォーエバー』に変わったところで、目の前にコーヒーが差し出された。はっと目を上げると、テーブルの横にマスターが立っていた。

「ノート、ちょっとそっちへどけろや」

「あ、うん」

政治学のテキストと友達から借りたノートを横へずらしながら、僕はふとマスターの手に見入ってしまった。この節くれだったゴツい手と、かれんのあの華奢《きゃしゃ》な手とが、同じ遺伝子を受けついでいるなんて今でも信じられない。

ぼんやりとそんなことを考えながらカップを受け取ったら、せっかくのコーヒーを少しこぼしてしまった。

「あッちィッ」

「ばかもん。呆《ほう》けたツラでよそ見しとるからだ」

情け容赦なく言い放ちながらも、マスターはカウンターの中に戻り、きれいな台ぶきんを放り投げてくれた。

カップの底と受け皿と、テーブルに落ちたしずくを拭き終わった台ぶきんをカウンターへ持っていくと、

「使ったやつが洗え」

とマスターは言った。手は忙しく動いてグラスを洗っている。

僕は黙ってカウンターの中へ入り、ふきんを洗った。『風見鶏』でのバイトはとりあえず夏休み中だけの約束だったので、今日のところは純然たる客として来ているわけだが、マスターの僕への扱いはあんまり変わらない。あいかわらず無愛想で、店のドアを開けたって「いらっしゃいませ」もなければ、代金を払ったからといって「ありがとうございました」もない。それどころか「飲んだらとっとと帰れ」くらいのことは平気で言われるのだけれど——それでも、どんなに店が忙しいときであっても接客やカウンター内の業務を手伝わされることまではなかった。そのへんの線の引き方が、マスターらしいと言えば言える。

ふきんを絞って流しのふちにかけ、席へ戻ろうとした僕の背中に、

「なんか元気ないわね。心配事でもあるんじゃないの?」

そう訊《き》いてくれたのは、カウンターの端に腰かけた由里子《ゆりこ》さんだった。

「いや、そんなことないっスよ」

「こいつがフラフラ落ち着かんのは毎度のことだ」とマスターが言った。「何も心配してやるこたあない」

「なんか傷つくなあ、その言い方」

と僕は言った。

「そりゃ結構。お前らの年頃は、悩んだり傷ついたりするのが仕事みたいなものなんだからな。せいぜいたっぷりと悩みゃいいんだ」

由里子さんがクスクス笑いだす。

「マスターって家ではどうなんスか」と僕は訊いてみた。「由里子さんと二人きりでいるときまでこんなふうだとか？」

「答えんでいいぞ」とマスター。

由里子さんはフフ、と笑って脚を組みかえた。

「そうねえ。私には、もうちょっとだけ優しいかな」

「答えんでいいと言ったろうが」

見ると、いつものポーカーフェースはどこへやら、マスターのヒゲの奥の顔は少し赤く染まっていた。こういうことにかけては意外なほど純情《うぶ》なのだ。

数か月前からマスターと一緒に暮らしている由里子さんは、今日も黒いセーターと、同じく黒のレザーパンツをはいている。この人が黒を着るとぜんぜん地味にも無難にも見えなくて、かえってシックでしゃれて見える。なんとなく、パリかどこかのキャリアウーマンみたいだ。

前に勤めていた貿易会社の仕事で、さんざん外国を旅した経験も関係しているのかもしれない。今はもう会社をやめ、アクセサリーやオブジェなどの彫金のほうで独立しているのだけれど、それでも由里子さんの小柄な体からはいつも〈人生を一二〇パーセント謳歌《おうか》してます〉といった感じの独特の空気が発散されているのだった。

「そうだ、勝利くん……」

由里子さんが椅子からすべりおりて、僕の向かいの席にやってきた。

「この間の件だけど、例のもの、うまく見つかった？」

マスターがチラッとこっちを見た。

「何を密談しとるんだ。俺には聞かせられないことか？」

「そう。あなたの悪口」

そっちを見もせずに由里子さんが言うと、マスターはふん、と鼻を鳴らして黙ってしまった。

僕はごそごそとバッグの底に手をつっこんで、くしゃくしゃの紙袋をひっぱり出した。でも、その中から取り出されたものを見るなり、由里子さんはけげんそうに眉を寄せた。

僕のほうに顔を近づけて、ひそひそとささやく。

「ねえ、なんか勘違いしてない？」

「はい？」

「例の件って……あの件のことよ？」

「そうっスよ」

「私、『彼女の指輪をさがして持ってきて』って言わなかった？」

「言いました」

「じゃあ、その試験管みたいなものは何？」

「試験管です」

由里子さんが、まじまじと僕の顔を見る。

「勝利くん、あなた確かこのまえ、かれんさんにあげる指輪をデザインしてほしいって言ったわよねえ？」

「そうっス」

「で……結局、私は何を作ればいいのかしら？」

「指輪です」

「…………」

僕は慌てて言った。

「いや、ちょっと聞いてもらえます？」

僕が由里子さんに会って指輪のことを打診したのは、文化祭が終わった次の週の金曜日だった。

僕とかれんとマスターの間には、一言で説明するにはややこしすぎる事情があるわけだけれど、由里子さんは僕ら当事者以外ではただ一人、そのへんの事情をすべて正確に把握している人間だった。かれんの出生のことも、かれんとマスターが兄妹《きょうだい》だということも、鴨川の老人ホームにいるおばあちゃんのことも、そして僕とかれんが恋仲にあるということも、全部だ。

もちろんそれはマスターが話して聞かせたからだけれど、マスターからすべて聞いたということを、由里子さんはすぐあとで僕にもちゃんと打ち明けてくれた。そのとき以来、僕は彼女を信頼するようになったのだった。

由里子さんに作ってもらう予定のその指輪を、僕は来月に迫ったクリスマスを待って、かれんにプレゼントするつもりだった。僕らが想《おも》いを打ち明けあってから初めて迎えるクリスマスに、何か一生の記念になるようなものを贈りたかったからだ。

中沢氏だったら、それこそ給料の三か月ぶんでダイヤモンドの指輪だって買ってやれるだろう。今の僕には逆立ちしたってそんなものは買えない。でもその代わり、世界じゅうでただ一つしかない、かれんだけのために作られたものを贈ってやりたかった。そのためなら、これまでに貯《た》めたバイト代を全部はたいたって惜しくない。

ただ、ここに問題があった。

指輪って厄介《やっかい》でね、と由里子さんは言った。ネックレスやなんかと違って、サイズがわからなくちゃ作れないのよ。なんならあなた、かれんさんにサイズ訊く？　それとも、それがいやなら彼女の部屋に忍びこんでみるとかはどう？　きっと指輪の一つくらい持ってるはずだし、さがしてそっとここへ持ってきてくれたら、その場でサイズを測って返してあげるから。またすぐ戻しておけば大丈夫なんじゃない？

そんなふうに知恵も貸してくれたのだけれど、僕としてはなかなか行動に踏みきれなかった。かれんにはクリスマスまで何も言わずにおいてびっくりさせたかったし、だからといって、部屋に忍びこむのはなんとなく後ろめたかった。

だいたい、今までに彼女の部屋に足を踏み入れた経験自体、数えるほどしかないのだ。どこに何がしまってあるかなんてまるでわからないし、いざできあがった指輪をプレゼントしたときになって、どうして私の指のサイズがわかったの？　と訊かれたら、いったいなんと答えればいいんだろう？　留守の間に部屋に忍びこみましたなんて、言えやしない。

そんなわけで、一度はほとんどあきらめて、しょうがないからピアスにでも変更しようかと思いかけていた矢先……。あの「試験管事件」が起こったのだ。

それは、おとといの土曜日のことだった。

部屋で雑誌を読んでいたものの腹がへってきて、そろそろ昼飯を作ろうと台所へ行ってみた僕は、入口でふと足をとめた。めずらしく、かれんが流しの前に立っていた。

まさか食事のしたくをしているんじゃ、と度胆《どぎも》を抜かれたのだがもちろんそんなはずはなく、彼女は向こうを向き、あたりの流し台の上にワラみたいな紐《ひも》やガラスの棒みたいなものを散らかしまくって、何やらごそごそやっているのだった。

でも、その背中がなんだかものすごく一生懸命というかひたむきだったので、僕はつい声をかけそびれてみとれてしまった。

その日のかれんは、ジーンズの上に薄手のパステルブルーのセーターを着ていた。見覚えのあるセーターだった。確か春ごろ、『風見鶏』で僕の卒業祝いのパーティをやってもらったときに着ていたのと同じやつだ。

ということは……鴨川の展望台で初めてかれんとキスをしてから数えると、もう半年以上たつってことか。

ジーンズに包まれた彼女の華奢な腰のラインを、僕はそっと盗み見た。小さく引きしまったあのお尻には、残念ながらまだ一度も触ったことがない。なんとか胸までは（服の上からにしろ）クリアできた僕でも、さすがにあの近辺にだけは手をのばす勇気が出なかった。もっと正確に言うならば、彼女の体のうち、ヘソから膝までの間に関してはまったく未知の分野なのだ。そう、あれから半年以上もたつというのに。

前途多難だなと思い、僕はふっとため息をついた。

とたんに、かれんがふり向いた。

「あ、ショーリ……」

その彼女の顔を見るなりギョッとなった。

「なんだよ、どうしたんだよ」

思わずそばへ寄る。かれんの顔は青白くて、唇は今にも泣きだしそうな形にゆがんでいたのだ。

「具合悪いのか？」

かれんは唇をかみしめ、ふるふると首を横にふった。

「抜けないの」

「え？」

「引っぱっても、回しても、抜けないの」

右手を僕に差し出し、情けない声でつぶやく。彼女の中指には、水の詰まった試験管がすっぽりはまっていた。

「なんで？」びっくりして僕は言った。「どっからこんなもの……実験でもする気だったのか？」

「違うの」かれんはまた首をふった。「昨日、化学の小林先生からもらってきたの。古いのを処分するところだったのを、捨てるくらいなら下さいって頼んでみたら、『どうぞどうぞ』ってきれいなのまでいっぱい下さって……」

おいおい、と僕は思った。そりゃないだろう。英語の中沢ばかりか、小林の野郎まで、かれんに気があるってのか？

「けど、どうするんだよ、こんなものもらって」

「部屋に飾るの」

「試験管を？」

「そうじゃなくて……」

かれんが指さすほうを見ると、流し台の上にはほかにも数本の試験管が置いてあった。ひとつひとつの首のところに、例のワラみたいな繊維《せんい》が巻きつけてあり、その全部が一本の長いワラ紐に連なっている。紐の端を持ってぶらさげると、試験管が縦にいくつもぶらさがる形になるわけだ。さらにそのそばには、庭から切ってきたとおぼしきオリーブやアイビーやミニバラなどの小枝が何本か、グラスの水にさして準備してあった。

「なるほどな」と僕は言った。「できあがったら、それなりにきれいかもな」

「でしょ？　なのに……」かれんは悲しそうに言った。「この一本だけ口のところが汚れてたから洗ってたら、スルッて指が入って抜けなくなっちゃって……」

僕を見て気がゆるんだのか、彼女はちょっと涙声になった。よっぽど真剣にあせっていたんだなと思ったら、煩悩《ぼんのう》をもてあましながら後ろから見物なんかしていたことを深く反省してしまった。

「ほら、見せてみな」

かれんがクスンと洟《はな》をすすって、再び手を差し出す。五本の指のうち中指だけがまるでピノキオの鼻のように長い。水のいっぱいに詰まった試験管の中で、かれんの指が紫色になっているのが痛々しかった。

「洗剤とかはつけてみた？」

「うん。でも全然だめ」

「しょうがないな。お前、この一本あきらめな」

「えっ指を？」

「ばか」と僕は笑った。「試験管をだよ」

「ど、どうするの？」

僕はかれんを庭に連れ出すと、洗濯物がひらひら揺れる下へ引っぱっていって、そこにしゃがませた。彼女の右手をとり、

「力抜いてろよ。でないとケガするぞ」

そして物干しの台のコンクリ部分に、試験管をコン、コン、と軽く打ちつけた。三度目で、

「あ」

パリンと割れた。ガラスのかけらが大きく三つほどに割れて水が流れ出し、地面にしみこんでいく。

「わあ、取れた取れた」

かれんが嬉しそうな声をあげた。拍子抜けするくらい簡単だった。

「手、切らなかったか？」

「大丈夫」

彼女の濡れた指にガラスの破片が残っていないか点検してやる。

そのときだった――僕の頭に名案が浮かんだのは。

「なあ、かれん」と僕は言った。「化学の小林、いっぱいくれたって言ったよな」

かれんが、きょとんと僕を見る。

「うん」

「じゃさ、俺にも一本くれない?」

「あ、ショーリも部屋に飾る? 欲しいならもっとあげるわよ?」

「いや、一本でいいんだ、一本で」


……と、いうわけなんス。と僕があらかたの事情を説明し終わると、
由里子さんは、やれやれというふうにうなずいた。

「なるほどね」

「それにしても、かれんさんってほんと指細いわねえ。はまって抜けなくなったの、中指なんでしょ?」言いながら、僕の渡した試験管に自分の小指を入れてみている。「見てよ、私なんか薬指でも入らないわ。うーん、なんか悔しい」

僕は、手をつないだときのかれんの指の細さを思い浮かべた。以前から華奢だ華奢だとは思っていたけれど、あれは僕が男でかれんが女だからというわけではなかったらしい。彼女の指は、女性の中でもとくべつ細かったわけだ。

「ところで勝利くん、指輪はほんとに中指用のでいいの？」

「は？」

「いえね、男の人が好きな女性に贈る指輪を注文するときって、十人いたら八人くらいまでは薬指用のを贈りたがるものだから。勝利くんはいいの？　なんなら、薬指用にも作ってあげられるわよ？」

「だってサイズは……」

「右手の中指がこのサイズってわかれば、あとはだいたい見当がつくものなのよ。どうする？」

　僕は少し考えて、結局、首を横にふった。

「いいっス。中指で」

　薬指はもっとあとまで取っておきたいと思ったからだけれど、僕は由里子さんにはそれを説明しなかった。僕が言わないのを見た由里子さんも、あえて訊こうとはしなかった。

「わかった。じゃ、ちょっと任せてみてくれる？　かれんさんのイメージに合うようにデザインを何枚か起こしてみるから、その絵を見てからあなたが選んでちょうだい。それでいい？」

「はい。あの……」

「ん?」

「請求のほうは、ちゃんとして下さい。知り合いだからって気をつかってくれるとかじゃなくて、ほんとにちゃんと。でないと俺……」

「わかってるわよ」

由里子さんは椅子から立ちあがりざまに僕の頭をコツンとこづいた。「でないと俺、自分の力で彼女に贈ったって気がしないものね。大丈夫よ、そんな心配しなくたって、私のオリジナルは超・お高い《トウー・エクスペンシヴ》ので有名だから」

「ああ、ならいいけど。……えッ」

由里子さんは笑いながら試験管を持ってカウンターに戻った。

なんでそんなもの持ってるんだ? とマスターが訊き、ナイショ、と答えた彼女がそれをバッグにしまうのを横目で眺めながら、僕はすっかり冷たくなったコーヒーの残りを一口飲んだ。いつのまにかCDが替わって、いまはTOTO《トト》の曲が流れている。

I could be good for you
You could be good for me too, yeah……

ファンファーレ風のシンセサイザーに乗って能天気な歌詞が続いていくのを、僕は醒《さ》めた気分で聴いていた。

――オレは君にピッタリさ。君だってオレにピッタリだとも、イェー。

ふと、矢崎の言葉を思いだす。

(生まれる前から一緒だもん)

いつか僕にも、そういうふうに根拠のない自信をみなぎらせて、かれんの前に立つことができる日が来るんだろうか。かれんが僕にピッタリなのはわかりきった話だけれど、僕が彼女にピッタリかどうか、いったい誰が保証してくれるというんだろう。

かれんがはっきりそう口にしてくれれば少しは安心できるのだろうが、彼女はまだ僕に向かってそこまで強い言葉をくれたためしがない。せいぜい、「大好き」程度のものだし、それだってどれだけ特別の意味があるんだかわかったものじゃない。この間なんか、猫のカフェオレにも同じことを言っていたくらいだし。

そう思ったら、なんだかまた鬱々《うつうつ》としてきてしまった。このところ定期的にこういう落ちこみがめぐってきて、もういいかげんに脱しないとまずいとは思うのだけれど、どうしても完全には浮上できない。こんなウジウジした野郎、僕が女だったら絶対に願いさげなのに。

と、由里子さんがリモコンを使って間の曲を飛ばし、最後の『AFRICA《アフリカ》』に変えた。

原始的なリズムを刻む太鼓の音に、あの有名なイントロが重なっていく。

しばらくじっと聴いていたあとで、由里子さんはカウンターにひじをつきながら、どこか遠くを見る目をして言った。

「この曲を聴いてるとね。いつも、ケニアで見た雪のキリマンジャロ山を思いだすの。勝利くん、この歌詞の意味、知ってる?」

僕は首をふった。早口の英語で、ところどころしか聞き取れない。

「私、この歌詞がすごく好き。――『君から僕を引き離すことなんてできるものか……僕はアフリカに降る雨をたたえよう、君のために僕らが新しいことをやるにはまだしばらくかかる。僕は正しいと思うことをやらなきゃいけないんだ』――ね。なんていうか、ただ単に男と女の愛だけじゃなくて、もっと大きくて広いことを歌ってる気がしない?」

Hurry, boys, she's waiting there for you……

――急げ若者よ、彼女はあそこでお前を待っている。

美しいコーラスが何度も何度もアフリカに降る雨をたたえ、そして収束していく。だんだんとフェイドアウトしていくマリンバのリズムに、僕はじっと耳を傾けた。

由里子さんの言う「もっと大きくて広いこと」ってなんだろう、と思ってみる。

今の僕にはまだ、大きなことを考える余裕なんかなかった。かれんへの気持ちをなんとかコントロールするだけで精一杯だった。「僕」という一人の人間がこの先、何者になり、どこへ向かおうとしているかなんてこと、まだずっとずっと遠い、未来の果ての話のような気がした。

5

人は、どうして贈り物をするんだろう。

ある種の鳥や動物のオスは、求愛する相手のメスに食べ物をプレゼントするらしい。そうすることでメスに受け入れてもらってなんとか交尾にまでこぎつけ、自分の種を残そうという本能からだそうだ。

もちろん人間の中にだって下心だけで女にプレゼントする男はいるけれど、人間のする贈り物は必ずしも本能にもとづいたものじゃない。

誕生日やクリスマスに始まってバレンタイン・デーにホワイト・デー、お中元やお歳暮に、進学や就職や結婚などのお祝い、そしてそのお返し……。

ある人はそれを、義理だと言うかもしれない。人間関係を円滑にするための手段にすぎないとか、物で相手の気持ちを惹《ひ》こうとするなんて不純だと言う人もいるかもしれない。

でも僕は、そうは思わない。

自分が大切に思っている人を喜ばせたいという気持ちはきっと、誰もが心の中に持っているものだ。だから世の中には「人に物をあげるのが好き」という人間がけっこうたくさんいる。もちろんそこには「相手の喜ぶ顔を見ると自分が嬉しいから」というワガママで自己中心的な欲望もあるとは思うのだけれど、でもそれって、いけないことだろうか?

ふつうは、誰かのために自分を犠牲にするという行為は立派なことのように言われているし、たとえば一つしかない救命具を他人に譲って死んでいった人なんかは聖人のように祭りあげられがちだけれど、僕はそういう美談を聞くたびにふっと思う。自分の命を他人に譲って死んだ人は、そういう崇高《すうこう》な行為を選ぶことのできた自分に満足していたんじゃないか……そうすることで自分が嬉しいからこそ、その道を選んだんじゃないだろうか、と。

これは決して、その人のした行為が立派じゃないとか自己満足にすぎないとかいう意味で言っているわけじゃなくて、僕が思うのは要するに、「自分が一〇〇パーセント苦痛しか感じられないような状態で、誰かの犠牲になることを選べる人はまずいない」ということなのだ。そこには、どんな形であれ、その人自身の満足が必ず伴っているんじゃないかということだ。

でも、幸せの基本って、本来そういうものじゃないだろうか。

相手を喜ばせることで自分も喜べて、自分の喜ぶ顔がさらに相手を喜ばせることができるとしたら、それはたぶん、理想的な関係だ。

だから僕らは、互いに贈り物をしあう。まるで、「自分一人だけじゃ幸せになれない」という思いを確認しあうかのように。物を贈るという行為は、同時に、「あなたがいてくれるから孤独じゃない」というメッセージを相手に送ることでもあるのだ。

ただ、難しいのは——こちらがどんなに贈りたくても、それが必ず相手に受け入れてもらえるとは限らないということなわけで、お互いの関係がうまくいっているときならいいけれど、変にぎくしゃくしているときや相手を怒らせてしまったときなんかにヘタにプレゼントなど贈ろうものならかえって逆効果ということにもなりかねない。それこそ、物で釣ろうとしているとか、ご機嫌取りのように思われたりして、ますますドツボにはまる場合だってありうるのだ。

白状すると、僕がいま悩んでいるのもまさにそのことだった。僕たちはいま、二台の車に分乗して、新潟《にいがた》の湯沢《ゆざわ》スキー場へ向かっている。

なんと、総勢十名の大所帯だ。メンバーは、『風見鶏』のマスターと由里子さん、中沢氏と彼の草野球仲間のアンパンマン、丈と京子ちゃん、陸上部マネージャーの星野りつ子とネアンデルタール原田先輩、そして、かれんと僕。

どうしてこういう面子《メンツ》になったかといえば、それが僕にもよくわからない。なんというか、ほとんど伝染病みたいな感じにするすると話がひろがって、結果的にこうなってしまったのだ。

じつは、かれんに贈るために由里子さんに作ってもらった指輪は、すでに完成して僕の手もとにある。それもそのはず、今日はもう十二月の二十六日だ。本来なら二日も前にかれんに渡していなければならないはずなのに、なんたることか、指輪の箱は今この瞬間も、車の後ろに積まれた僕のスキーバッグの中に入っている。持ってこようかどうしようか迷ったのだけれど、結局持ってきてしまった。もしかしてもしかしたら、かれんに渡せるような機会がめぐってくるかもしれないという、一筋の希望にすがるように。

こうなってしまった理由は、まったく単純だった。イヴの夜、僕がかれんと大げんかをしたからだ。けんかの原因もやっぱり単純だった。僕のくだらない嫉妬がすべての元凶なのだ。

悪いのは自分のほうだとわかっているのに、僕はいまだにかれんに謝ることができないでいる。僕に勇気がないのはもとより、かれんのほうでもなんとなく僕を避けているからだ。

　ほとんど目を合わさず、ろくに口もきかないという状態に突入してから、すでにまる二日。気まずい時間が長引けば長引くほど、苛立《いらだ》ちはつのっていくばかりだった。

　十一月の終わりに由里子さんが持ってきて見せてくれたデザイン画は、全部で三枚あった。

　スケッチブックに大きく描かれた指輪三つの中から、僕はほとんど迷うことなく一つを選び出した。細めの銀のリング二本が鎖のようにつながって二連になっていて、そのそれぞれに丸っこい石が一個ずつセットされ、しかも片方のリングの周囲には繊細なつる草の模様がぐるりと刻まれているという凝《こ》ったデザインだった。

「なかなかお目が高いじゃないの」と由里子さんは言ってくれた。「じゃあ次は、ここにセットする二つの石を決めなくちゃ。何と何がいいかしらね。もちろん予算的な問題もあるわけだけれど……」

　たとえあなたが百万円持ってたとしても、高価なものを贈ればそれでいいってものじゃないわ、と由里子さんは言った。贈り物の難しいところは、どんなに素晴らしいものを贈ったつもりでいても、それが相手の負担になるようなら失敗だっていうことよ、と。

「デザインとして見てもね、この指輪にはたとえばルビーとサファイアみたいな豪華な組み合わせじゃなくて、もっとカジュアルで優しい雰囲気のものが合うと思うの。かれんさんのイメージからすると、そうねえ、透きとおったピンクのトルマリンと淡いグリーンのペリドットを組み合わせるとか、薄紫のアメジストと水色のアクアマリンとか」

アクアマリン……。

その名前を聞いたとき、僕が思いだしたのはあの夏の鴨川の海だった。「海の水」という名を持った淡く透明なブルーの石は、かれんの指にも、そしてかれんと僕が共有する思い出にもぴったりのような気がした。

「それなら、いっそのこと片方を石じゃなくて真珠にしてみたらどうかしら」と由里子さんは言った。「真珠もまん丸のじゃなくて、楕円形《だえんけい》のバロックパールが可愛いと思うわ。とするとアクアマリンも同じ形にそろえて……」

由里子さんは僕の目の前でサササッとデザイン画を修正し、色鉛筆で薄く色までつけてみせてくれた。銀のリングに、水色のアクアマリンと、少しいびつな真珠。なるほど素敵な組み合わせだ。センスというのはこういうものかと、ひたすら感心してしまう。

「よし。この際サービスで、片っぽのリングの内側に日付けと名前も彫《ほ》っといてあげる。年号と、イヴの日付けと、それから〈K. to K.〉ってね」

それ、よかったら〈S. to K.〉にしてもらえますか、と僕は言った。僕のことをショーリという名で呼んでいいのはかれんだけだという意味を、〈S〉のイニシャルにこめたつもりだった。

じつを言うとこれまで僕は、かれんにまともなプレゼントを贈ったことが一度もなかった。花村家で一緒に暮らし始めて、最初にめぐってきた機会は六月の彼女の誕生日だったけれど、そのときはただ家でバースデーケーキを焼いて祝ってやっただけだった。なにしろその時点での僕はまだ、彼女に対する自分の気持ちがなんなのかにさえ気づいていなかったからだ。

でも、その年のクリスマスはといえば、夏に僕から一方的な告白をしてしまったせいでかえって意識してしまい、やっぱり何も贈れなかった。もしも、「ごめんなさい、受け取れないわ」なんて言われたら二度と立ち直れないと思うあまり、またしてもクリスマスケーキを焼いただけに終わってしまった。まったく不甲斐《ふがい》ないと、自分でも思う。

そうして一年がめぐり、今年の誕生日。かれんは僕に、欲しい物があるのと言った。何かと思ったら花束だった。

これから毎年、私の誕生日のたびに、年と同じ数だけ花を贈ってほしいの。年が減っていく人はいないから、花束はだんだん大きくなっていくの。おばあさんになったら、両手でかかえきれないくらいの花束になるの。そのときも、やっぱりショーリに贈ってほしいの。ね、いいでしょ?

僕は彼女のリクエストを聞いて、駅前のフラワーショップでデルフィニウムという名前の青い花を買った。二十四本の花束にして。かなり恥ずかしかったけれど、かれんはものすごく喜んで、最後には花びらをポプリにまでしていた。

ともあれそんなわけだったから、今回のこの指輪は僕からかれんに贈る初めての〈プレゼントらしいプレゼント〉になるはずだったのだ。

由里子さんが実際の指輪の制作にとりかかってくれたのが、十二月のあたま。僕はどきどきしながら完成を待ち続け、ようやくそれができあがってきたのが、イヴの前日の二十三日のことだった。それなのに……土壇場《どたんば》でけんかなんかするとは、なんという大バカ野郎なんだろう。

これまでにだって、かれんと小さいけんかをしたことくらい何度もあったし、一度などは三か月ほどもろくに口をきいてもらえなかったことだってあった。

でも、今回のこのけんかは、今までのそれとは本質的に違う、深刻なものだった。

二十四日の朝、かれんは、

「夜十時までには帰るようにするからね」

と言って学校へ出かけていった。翌日から冬休みということで、夜は先生たちとの忘年会の約束が早くから決まってしまっていたのだ。

クリスマス・イヴに忘年会だなんて野暮《やぼ》なことをしてくれるもんだと思ったが、教員室のメンバーの顔を思い浮かべてみれば無理もないのだった。ほとんどがイヴなんかには興味も縁もなさそうな年寄りばっかりだ。

仕方がないので、かれんが帰ってきてから丈と三人でクリスマスを祝うことにした。十時までには帰るようにすると彼女が言ったのはそういう意味だ。

僕は昼間、佐恵子おばさんの「お菓子の本」と首っぴきで、木の切り株に似せたノエルケーキというのを焼いた。冷蔵庫にシャンパンも冷やした。

それから、暇だったので夕方からは、大学の陸上部の連中が集まるクリスマス会（と称した打ち上げコンパ）に参加した。年寄りでもないのに寂しいやつらばかりなのだ。

十五人ほどが集まって大衆居酒屋で飲み、たらふく食い、これからカラオケに繰り出すという連中と別れたのが八時すぎ。ほろ酔い気分で電車に揺られ、駅に降り立ったのは九時ごろだったろうか。

いよいよ今夜、かれんにあれを渡すのだと思うと、楽しみで仕方なかった。銀色のリボンをほどいて箱を開けたときのかれんの顔を想像するだけでわくわくした。

いつ渡そう。丈が風呂に入っている間が狙《ねら》い目《め》だろうか。それとも、思い切って彼女の部屋を訪ねようか。

そんな最高の気分で歩きだし、駅前商店街を抜けて家に向かおうとしたとき、僕の目はふと、ロータリーに面した喫茶店の中に、見覚えのある真っ白なダッフルコートを見つけてしまったのだった。

ガラス張りの店はこうこうと明るくて、暗い歩道に立つ僕の姿は中からは見えないだろうけれど、僕からは店の中が丸見えだった。

かれんの向かい側の席には、中沢氏が座っていた。コーヒーカップののったテーブルを間にはさんで、何かしきりに話しこんでいる。中沢氏が何か言うと、かれんの肩がクスクスと揺れるのが見えた。

やあ、俺もいま帰ってきたとこなんだ、とでも言って店に入っていけばよかったのかもしれない。

でも僕の気持ちは、向かいあっている二人を見た瞬間から嫉妬でひきつれてしまっていた。そうして見れば確かに、二人はまぎれもなく「お似合い」のカップルに見えるのだった。かれんが二十四。中沢氏が二十九。佐恵子おばさんじゃなくたって、ぴったりの組み合わせだと思うだろう。

店の外で彼らが出てくるのを待つことさえせずに、僕は一人で家へ帰った。待っていたりしたらどんどんみじめになって、卑屈《ひくつ》になって、それより何より嫉妬がつのって頭がおかしくなりそうだったからだ。

丈は、朝のうちに僕が作っておいた晩飯用のカレーをきれいにたいらげ、部屋にこもって勉強していた。

僕は、風呂を沸かしながらテレビをつけ、丈のじゃまにならないように音量をしぼってソファに腰をおろした。そのまま、どうでもいいような番組を見るともなく眺めていた。頭の中ではまったく違うことを考えながら。

べつに、かれんが浮気をしたというわけではないのだ。あんなの、どうってことない。だいたい忘年会の帰りに同僚の先生とコーヒーを一杯飲むことの、どこがいけない？　そんなの、責めるほうが間違ってる。その程度のことまで束縛したがるなんて、あまりに心が狭すぎるじゃないか……。

テレビなんか上《うわ》の空《そら》で、僕はくり返し自分にそう言い聞かせた。

それなのに、それから三十分ほどたってかれんが帰ってきたとたん、すべての理性は消し飛んでしまった。

「ああ寒かった」

と言って白いコートを脱ぎかけた彼女に向かって、僕はわざわざ試すようなことを訊いてしまったのだ。

「帰り、一人で帰ってきたのか?」

一瞬、かれんが返事を迷ったのがわかった。でも彼女は、脱いだコートを僕の向かいのソファの背にかけながら言った。

「そうよ」

僕によけいな心配をさせまいとしてそう言ったのだということは、今になって落ち着いて考えればよくわかる。でもそのときの僕はもう、自分をどう止めていいのかわからない状態だった。

どうして嘘をつくんだ、と僕はかれんを責めた。やましいことが何もなければ嘘なんかつかなくていいはずじゃないか、と。

そう言いながらもどこかで、自分がばかばかしいことを言っているとわかっていた。でも止まらなかった。感情が先走り、彼女を傷つける言葉がどんどん口からこぼれ、理性はそのずっと後ろからカメみたいにのろのろついてくる。四つくらい前に言った言葉を後悔したときにはもう七つめか八つめの言葉を発している、という具合にだ。

だんだん声が大きくなって、テレビよりよほど大きくなって、向こうの部屋の丈に筒抜《つつぬ》けだと気づいても、それでも止められなかった。

いつのまにか僕は立ち上がっていた。

「だいたい、なんでわざわざ中沢なんかと仲良く喫茶店に入る必要があるんだよ」かれんをにらみつけながら、僕は言いつのった。「少しくらい強引に誘われたって、そんなのきっぱり断っちまえばいいだろ？　あいつがお前に気があることくらい、もうわかってるはずじゃないか。そんなふうにお前がへらへら優しい顔するから、いい気になってつけこんでくるんだよ。もっとしっかりしてくれよ！」

かれんはずっと、ソファの背につかまるように立ち、黙ってうつむいていた。せっかく温かな部屋に帰ってきたというのに、その横顔は凍《こご》えたように白いままだった。

「ごめんなさい」

やがて彼女はつぶやき、くしゃっと泣きそうな顔になった。ぐっとこらえて、なんとかもとの顔に戻る。

「やましいことがあるから嘘をついたわけじゃないの。言えばショーリがまた不機嫌な顔すると思って、それでつい、ほんとのことが言えなかっただけなの。でも、信じて。私、中沢先生のことなんてなんとも思ってないし、向こうだって私にそんなそぶり見せたことないのよ」

「それがあいつの作戦だって、なんでわかんないんだよ」と僕は言った。「学校のことで相談があるなんて、みえみえの口実じゃないか。イヤならイヤって、どうしてきっぱり断れないわけ？　なんでそんなにあいつに気ィつかうんだよ」

「だって……同じ職場に勤めてる以上、それなりのおつき合いってものもあるし」

「それなりのって、どういうつき合いだよ。だいたい、イヤなことをイヤとも言えないなんて、それで対等なつき合いって言えるのかよ」

……夢中だったから全部を覚えているわけじゃないけれど、その倍くらいのことは言ってしまった気がする。そのうち、さすがのかれんも我慢しきれなくなったらしい。

「ショーリにはわかってもらえないかもしれないけど」彼女はめずらしく強い口調で言った。「私は私なりにせいいっぱい、中沢先生と対等に向かい合ってるつもりよ。ショーリだったらきっぱり口にするようなことを私が口にしないからって、それでショーリが怒るのは、おかしいんじゃないの？　あなたと私は違う人間なんだから、同じように考えなくたって仕方ないでしょう？　それに、ショーリはさっきから、私がほんとはイヤなのに中沢先生の誘いを断れなかったって決めつけてるけど、それも違うわ。少なくとも学校に関する相談なら私、あの人と話すのべつにイヤじゃないもの。だから一緒に喫茶店にだって入ったのよ。ほんとにイヤならちゃんと断ってる。ちゃんと断れる。……ショーリこそ、この間からどうかしてるわよ。変に中沢先生とのこと勘ぐってやきもち焼いたり、落ちこんだり、私のこと乱暴にふりまわしたり、勝手に決めつけたり。今日だって、誰と帰ってきたかほんとは知ってたくせして、わざとカマかけるし」

「なんだよ、開き直るのかよ」

「そうじゃないけど……嘘ついたのはほんとに悪かったと思うけど、今の正直な気持ちを言えば、さっきの私の嘘にはあなたにも責任があると思ってる。そんなふうに考えるのいやだけど、でもそう思う。あなた、私のこと信じてるなんて言ったけど、やっぱり信じてないんじゃない。私のことだけじゃなくて、自分のことも信じてないんじゃない。でなきゃそんなに自信のない顔してるはずないもの。ショーリこそ……ショーリのほうこそ、もっとしっかりしてよ」

そうして彼女は、コートを手にリビングを出て二階へかけあがってしまった。

取り残された僕は、どさりとソファにへたりこんだまま茫然《ぼうぜん》と床を見つめた。

耳もとにテレビの音が戻ってきたのは、ずいぶん長くたってからだった。のろのろとリモコンを手に取って、スイッチを消す。音が消えてもなお、耳の奥でかれんの言葉が鳴り響いて、頭が割れそうだった。

――もっとしっかりしてよ。

車はいま、関越《かんえつ》自動車道を西へ走っているところだ。

先導して走っているこの4WD車はマスターのだった。運転手はマスター、助手席に由里子さん、後部座席に僕と星野りつ子と原田先輩。

さっきから原田先輩がしきりに由里子さんを笑わせている。星野がいちいち横から茶々《ちゃちゃ》を入れ、マスターの笑った目元がバックミラーに映る。

五十メートルくらい離れてついてくるもう一台の車はアンパンマンのワゴン車で、かれんと丈と京子ちゃんはそっちに乗っている。中沢氏もだ。

丈たちがいるのだから何も心配することなどないとは思っても、僕はやっぱり後ろの車が気になって仕方なかった。マスターたちの手前、そう頻繁《ひんぱん》にふり返るわけにもいかず、我慢しているとよけいにイライラした。なんとかぎりぎりのところで平静を装ってはいるものの、あんまりそのことにばかり集中するせいで、かえって会話についていけなくなるほどだった。

「合宿のときなんか、男ばっか八人くらいが同じ部屋に寝るじゃないスか」と、原田先輩が言う。「イビキのすげえやつとか、屁《へ》のくせえやつも足のくせえやつもいて、もう、一緒にいて病気になんないのが不思議ですよ。俺なんかこんなデリケートなのに」

「バリケードの間違いじゃなくて?」と星野。

「おいぃ、いーずみぃ」先輩は後ろから僕の頭をはたいた。「俺、お前の寝言も聞いたことあんぞ」

「え、俺、何か言ってましたか」

どうにか話を合わせる。

「言ってたさあ、大声で。『りつ子〜。りつ子〜』って」

「またそうやって話作る」

「いや、マジマジ、ほんとだって。やっぱ、センザイ意識の下から自分でも気づかない本心ってやつがだな……」

みんなでスキーに行かないかと言い出したのは、由里子さんだった。

なんでも、由里子さんの妹が嫁いでいった先は湯沢のスキー場近くにある小さなホテルなのだそうだが、二十六日から二泊三日で入っていた十人グループの予約が急にキャンセルになってしまい、代わりに誰か行かないかという話に発展したわけだ。

由里子さんがその話題を最初に持ち出したのは、先々週の日曜日に行われた野球の試合の帰り道だった。中沢氏率いる例の草野球チームの試合で、いつものごとく丈も助っ人《すけと》に駆り出されていたし、応援ということでマスターも京子ちゃんも、かれんもいた。中沢氏のことなんか応援したくない僕も、やつとかれんを近づけたくないあまりにしぶしぶ参加していた。

スキーなんて十年以上やってないなあ、というマスターが、めずらしく店を休みにして行ってみようかと言い出し、中沢氏とピッチャーのアンパンマンが話に乗り、そこへ丈と京子ちゃんが受験勉強の息ぬきなどと称して便乗した。やった、これで二晩かれんと二人きりになれると思ったとたん、中沢のやつがよけいなことをぬかした。「花村先生も行きませんか。勝利くんと仲良く家に残るのもいいですけど、こういうときはせっかくだからみんなで行きましょうよ。そのほうが楽しいじゃないですか」……冗談めかしてではあっても、ほかの人たちみんなの前でそんなふうに言われたせいで、かれんは断るにも断れなくなってしまい、とうとう小さい声で言ったのだった。「それじゃ、ショーリも一緒に行きましょうよ」と。

そうして八人まで決まったところへ、翌日になって星野りつ子が加わった。彼女はレンタルビデオ屋でのバイトを夏休み以降もずっと続けていて、ちょくちょく『風見鶏』に顔を出すのだが、ちょうど丈と京子ちゃんがスキーの話で盛り上がっていたところにやって来た星野は、メンバーがあと二人分あいていると聞くなり案の定、自分も参加すると言い出した。——え、なに？　あと一人あいてるの？　じゃあこの際、原田先輩も誘ってあげようよ、どうせヒマだろうから。あの人ならかれんさんとも顔見知りだし、重い荷物の積み降ろしにも便利そうじゃない。

という具合に、合計十名が決まったわけだ。

原田先輩の野太い声と星野りつ子のよく通る声が入り乱れるのを聞きながら、僕は車の窓に顔を寄せて運転席のドアミラーをそっとのぞき見た。赤いワゴン車は後ろからちゃんとついてきていたけれど、車内まではとうてい見えなかった。

かれんは今ごろ、何を考えているんだろう。やっぱり僕と同じように、苦しい気持ちをもてあましているんだろうか。それとも、僕のことなんかすっかり忘れて、みんなで楽しく騒いでるんだろうか。

〈お前がへらへら優しい顔するから、いい気になってつけこんでくるんだよ。もっとしっかりしてくれよ〉

二日前の自分の言葉を思い起こして、ぎゅっと目を閉じる。よくもまあ、あんなセリフが吐けたものだ。あの文化祭の帰り道、かれんの優しさにつけこんだのは僕だったじゃないか。自分だけの不安にふりまわされて、かれんの気持ちなんて考えもせずに乱暴に強引にふるまって、彼女を傷つけても気づくことさえしなかったのは僕のほうじゃないか。

自分が恥ずかしくて、鳥肌が立った。あまりに情けなくて、かれんに声をかけるどころか、目の前に立つことさえ怖かった。

6

着いたとたんにさっそくナイターのリフト券を買いに走ったのはアンパンマンと丈だけで、ほかのみんなは次の日の朝からのんびり滑り始めた。

僕は中学高校と毎年スキー学校に参加していたから、よほどのコブ斜面でなければ普通に滑れたが、由里子さんと星野りつ子はまだ二度目だと言うし、かれんと原田先輩に至っては初めてだったので、滑れる人間が二人ずつ交代で教えることになった。

僕はアンパンマンと組んで教えた。べつに相談したわけでもないのに、自然と彼のほうが初めての二人を受け持ち、僕のほうは二度目の二人を受け持つことになった。気まずい思いをしながらかれんに教えないで済むという意味ではほっとしたものの、またしても仲直りのきっかけを逃してしまったことになる。

ファミリー向けの緩《ゆる》い斜面で由里子さんと星野にボーゲンの基本を教えながら、僕は時折りちらちらとアンパンマンたちのほうに目を走らせた。かれんが学校の保健の先生から借りたという赤いスキーウェアはまぶしい雪の上でよく目立っていたから、たくさんの人の中からでもすぐに彼女を見つけることができた。見つけるたびに彼女はたいてい転んでいて、情けなさそうに照れ笑いしながらアンパンマンに助け起こされていた。ときには原田先輩と折り重なって倒れていることもあった。

あそこまで滑っていくのに十秒とかからないのに、どうしてこんなに遠いんだろうと僕は思った。

昨日からこっちだって、僕らはべつにお互いにツンケンしているというわけじゃない。落とした手袋を拾ってやれば、かれんは「ありがと」くらい言うし、彼女がみんなにアーモンドチョコでも配れば、僕だって「サンキュ」と口にする。

でも、どうしても二言以上の会話にならないのだ。ちょっとした機会を見つけて、僕がなんとか話をしようと口をひらくと、かれんはうろたえたようにどぎまぎして用もないのに他の人を呼び止めたりする。逆に、かれんが黙ってこっちを見ていることに気づくと、僕のほうが慌てて目をそらしてしまったりするのだった。

「そんなに気になるなら、今晩にでも私からかれんさんに話してみてあげようか？」

由里子さんが僕にそう言ってくれたのは、星野りつ子が緩斜面《かんしゃめん》の下のほうまで滑っていくのを見送っているときだった。由里子さんは僕とかれんがけんかしたことを知っている。僕が自分で話したのだ。昨日の朝『風見鶏』の前で集合したとき、「指輪は渡せた？」と訊かれて、仕方なく。

危なっかしいボーゲンでよろよろと滑り終えた星野が、五十メートルほど下からこっちを見上げてストックを振っている。

同じようにストックを振り上げながら、

「いや、それはやっぱ、いいっスよ」僕は由里子さんに笑ってみせた。「なんか、すいません、心配かけちゃって」

怖いもの知らずの丈と京子ちゃんは、ずっと上のほうの上級者コースへ行ったきり、めったに下りてこなかった。二人ともけっこう滑れるし、途中からは原田先輩が自分の携帯を丈に持たせてくれたから心配はなかったけれど、

「あんなにガンガン滑っちゃっていいのかしら」と星野は言った。「あの子たち、自分が受験生だってことを忘れてるんじゃないの?」

「逆療法ってやつだろきっと」と原田先輩が言った。「あれだけ滑っときゃ、本番では滑らないで済むってことで」

マスターは、よく転んだ。十年やってないと言うだけあって、転びっぷりも半端《はんぱ》じゃなかった。いつもニヒルに決めているマスターが豪快にこけるのを見てみんな大ウケだったけれど、いちばん大喜びしてしゃがみこんで笑っていたのは由里子さんだった。そこまで

容赦なく笑っちゃマスターとの仲にヒビが入るんじゃないかと、見ているこっちが心配になるくらいだった。

　十人中、いちばん滑りがうまかったのは、悔しいことに中沢氏だった。コブ斜面だろうがアイスバーンだろうが、彼は板をぴたりとそろえたまま難なくこなした。サングラスをして滑っている姿はほとんどプロスキーヤーみたいで、女たちはみんな、ほうっとため息をついて見とれていた。なんでも、中学三年で東京に引っ越すまではこの新潟に住んでいたのだそうだ。

「冬はスキーをはかなきゃ学校にも行けなかったよ」と、昼飯のとき彼は言った。「玄関のドアが雪に埋もれて開かなくて、二階の窓から出入りするのなんて日常茶飯事だったしね」

「ESSの顧問なんかやめて、スキー部でもお作りになればいいのに」

　かれんの声が聞こえてくるだけで、僕はこっちの隅でドキリとする。

「いやあ、駄目ですよ。僕は人に教えるのが下手《へた》だから」

「あら、そんなことなかったわ」

「だとすれば、生徒がいいんでしょう」

　調子のいいことをさらりと言って、中沢氏は笑った。アンパンマンが滑っている間は、彼が原田先輩とかれんを教えていたのだ。

教師がチェンジしたからといって生徒がいきなり優秀になるはずもなく、かれんはやっぱり尻餅《しりもち》ばかりついては中沢氏に引っぱり起こされていた。

丈とバトンタッチした僕はといえば、リフトの上からぼんやりとその光景を見おろしているしかなかった。すでに、いちいちカリカリする気力さえなくなりかけていた。何を見ても、何を聞いても、気持ちがうまく反応しないのだ。

人は、長い時間にわたって拷問《ごうもん》を受けていると、そのうちに自己防衛本能が働いて痛覚《つうかく》が鈍くなっていくと聞いたことがある。もしかすると僕のこれも同じなのかもしれなかった。心の痛覚さえマヒしてしまえば、もう痛みを感じないで済むのだから。

夕方までずっと滑り続けて極限まで腹をすかせたみんなは、夜は寄ってたかってバイキング料理に襲いかかった。ほとんど、屍肉《しにく》に群がるハゲタカの群れのようだった。

僕は食欲のなさを隠すために、皿に取る量を少なくして何度もおかわりをしに立つようにしたのだが、まわりの目をうまくごまかせたかどうかはまったく疑問だった。元気がないねと何度か言われ、そのたびに、そんなことないっスよ、とか、寡黙な男を目指してるんスよと笑ってみせるうち、ほとほと疲れ果ててしまった。

こんなことなら、一人で家に残ったほうがましだったかもしれないとさえ思った。たとえ、僕の見ていない所でかれんに何が起ころうと。

　晩飯のあと、みんなはラウンジでコーヒーを飲んだり煙草《たばこ》を吸ったりしていたけれど、僕は途中からそっと抜けだして部屋に戻り、替えの下着とタオルを持って露天風呂に出かけた。一人になりたいのもあったけれど、いつもと違う筋肉を使ったせいで背中や太ももがぱんぱんに張ってしまっていたのだ。

　ぬるめのお湯に三十分くらいつかり、ゆっくり筋肉をほぐして出てきたあと、新しいTシャツとトレーナーに着替えた。今日着ていたTシャツと下着はごみ箱に捨てた。そのためにわざと、穴のあいたボロいのを持ってきたのだ。

　雪焼けでひりひりする顔を、濡らしたタオルで冷やしながら脱衣室を出る。まっすぐ部屋に戻るつもりだったのだけれど、二階への階段の踊り場から外の庭を見たとたん、ふとその気になった。ガラスのドアを開けて、庭に出る。

　民宿に毛がはえたような小さなホテルなのに、大浴場の真上に屋上庭園のような形で造られたその庭は、純和風の立派なものだった。枝ぶりのいい松の枝や石灯籠《いしどうろう》や、背の低い植えこみの上にも、綿ぶとんのような雪がこんもりと積もっている。斜め下の露天風呂のほうから白い湯気がもくもく上がってくる。少し風があって、のぼせた頭がすーっと気持ちよく冷えていく。

と、コツコツ、と音がして、僕はふり向いた。

ガラスを指先でつついて笑っていたのは、星野りつ子だった。

一階の売店に買い物にでも下りてきたらしく、星野は財布ひとつを持っているだけだった。なんだか、あの夏合宿での夜みたいだ。あのときも彼女は夜中にジュースか何かを買いに起きてきて、僕とばったり会ったのだった。

「そんなかっこじゃ風邪《かぜ》ひくぞ」

と僕は言った。ドアを押し開けて出てきた星野は、薄手の赤いセーターにジーンズという寒そうな格好だった。無理もない。ホテルの中は半袖でいられるくらい暖かいのだ。

「和泉くんこそ、湯冷《ゆざ》めしちゃうわよ」と星野は言った。「頭、濡れたままじゃない」

「うん。ちょっとのぼせちゃってさ」

それきり、二人ともしばらく黙っていた。

首にかけた濡れタオルがどんどん冷たさを増していく。

と、たった今思いついたみたいにさりげなく、星野が言った。

「和泉くん、かれんさんとけんかしてるの?」

僕は返事をしなかった。否定しない限り、それは肯定になるということはわかっていたけれど、けんかなんてしていないと嘘をつくのも馬鹿げた話だった。かれんと僕が昨日からろくに口をきいていないのは、誰が見たってわかることなのだ。

「原因は、なに?」

僕はやっぱり黙っていた。

どんなに鈍い僕でも、今ではさすがに星野の気持ちに気づいている。はっきり口に出して好きだと言われたことはないけれど、眠っているときにキスまでされれば気づかないわけにいかない。とは言え、あのとき夏合宿の打ち上げで酔っぱらっていた僕は、星野を夢の中のかれんだと勘違いしてキスを返してしまったのだった。もしも星野がそのあと、かれんに恋愛相談を持ちかけたりしなかったら、いまだにその失敗にすら気づかないでいたかもしれない。

隣に立つ星野をちらりと見やる。自分の意志じゃなかったとはいえ、一度でもキスをした女の子と暗い所で二人きりでいるのは、なんとも妙な居心地のものだった。

かれんと僕とのけんかは、星野にとってはどういう意味を持つんだろうな、と思ってみる。仮に中沢氏とかれんが恋人どうしで僕が横恋慕《よこれんぼ》しているとして、あの二人がけんかしたと知ったら僕はどう思うだろう。きっと、小躍りして喜ぶに違いない。まあ、星野りつ子は僕ほどひねくれてはいないだろうけれど。

「他のみんなはどうしてる?」

と訊くと、

「卓球して遊んでるわ」と星野は言った。「丈くんと京子ちゃんだけは、ちゃんと一階の休憩室で勉強してるけど。ねえ、和泉くんはやらないの?」

「勉強?」

「卓球よ、ばかね」と星野は笑った。「意外なんだけど、さっきから原田先輩の一人勝ちなの。誰も勝てないの。私だってけっこう強いのに、全然歯が立たないくらい。和泉くんも行って挑戦してみれば?」

「いいよ、俺は」

「苦手?」

「そういうわけじゃないけど」

深く、息を吸いこむ。冷たい空気がいっぺんに流れこんできて肺が痛い。

「俺、そろそろ部屋に戻るわ。寒くなってきた」

そう言って中に入ろうとすると、星野もついてきた。

「あれ、何か買いに来たんじゃないのか?」

「ううん」星野は戸惑ったように微笑んだ。「もういいの」

「……ふうん」

僕は、先にたって踊り場から二階までの階段をのぼった。

部屋割りは、二人ずつの五部屋だった。僕と丈、かれんと京子ちゃん、中沢氏とアンパンマン、マスターと原田先輩、由里子さんと星野りつ子。そこそこ無難な組み合わせだ。

二階の廊下はしんと静まり返っていた。五つ並んだ部屋にはまだ誰も戻ってきていないらしい。かれんもみんなと一緒に卓球をしてるんだろうか。それとも、どうせヘタクソだから点数でも数えているだろうか。

顔が見たくてたまらなかったけれど、みんなの輪の中に入っていく元気はどこにもなかった。せっかく楽しんでいるのに、かえって気をつかわせるだけだ。

「じゃあな」僕は自分の部屋のドアにキーを差し入れた。「おやすみ」

そのときだ。

「待って」

と、星野が言った。

僕はふり返った。そしてそのとたん、猛烈に後悔した。

「お願い、ひとつだけ教えて」

目の前の星野の顔は、触れれば切れそうなほど真剣だった。まるで、これから死のうとしている人みたいに思いつめた目をしていた。

「ねえ、和泉くん」彼女は僕をじっと見て言った。「前に、かれんさんのこと好きだって言ったわよね」

僕は、黙っていた。あんまり急で、なんと答えていいかわからなかったのだ。

「今でも、好き?」

「…………」

「答えて。これからもずっと、あの人だけ想い続けるつもりなの?」

「そんなの、ダメだよ、和泉くん。いいかげんに思い切らなくちゃ。かれんさん、もう決まった人がいるって言ってたじゃない」

「それは……」

言いかけて、僕は口をつぐんだ。

そのことを星野が知ったのは原田先輩から聞かされたからで、原田先輩にそれを話したのは誰かといえば、この僕だった。先輩が自分の兄貴をかれんに紹介したがったのを阻止するために、「こいつには決まった男がいるんです」……そう言ってしまったのだ。

でも、星野も先輩も、その「決まった人」というのが僕だとはみじんも思っていない。まったく別の誰かのことだと思いこんでいる。

これまで僕がその誤解を解かないままにしていたのは、かれんとのことを周囲に知られるにはまだ時期が早すぎると考えたからだった。でも、いま星野に向かってはっきり言えないでいるのは、そのせいばかりじゃなかった。僕に自信がないからだ。かれんを自分のものだと言い切る自信が、ぐらぐら揺れ動いているからだ。

黙りこくってしまった僕に向かって、

「ねえ、私じゃ……ダメ？」

と、星野は言った。緊張のせいか、彼女はまるで怒ったような顔をしていた。

「ねえ和泉くん、私じゃ、手伝えない？　かれんさんのこと思い切るの、私じゃ手伝えないかな」

「…………」

返事をしないなんて卑怯《ひきょう》だと思いながらも、僕には言えなかった。答えはわかりきっていたけれど、悪くて口に出せなかった。

星野に不満なんじゃない。彼女はいい子だし、顔だって可愛いし、ちょっと変わってはいるけれど話していて飽きない。明るくて活発だし、冗談もわかるし、前向きだし、優しいところもあるし……そうやって箇条書きにしていくなら〈星野でもダメじゃない〉ということになるのかもしれない。

でも、人を好きになるというのはそういうことではないのだ。少なくとも僕は、箇条書きでかれんを好きになったのではなかった。彼女の全部が、ほんとうにどこもかしこも全部が好きなのだ。僕と似ているところも全然違うところも、いいところも悪いところも、みんな含めて、どうしてかはわからないけれど僕はかれんでなければダメなのだった。

何度か口をひらきかけては、またつぐんだ。

それから、やっとの思いで言った。

「ごめん。でも……無理だよ」

星野の顔が、みるみる真っ赤になっていくのがわかった。

「どうして?」低い声で、彼女は言った。「どうして男の人って、みんなああいう人がいいの?」

「………」

「ずるいわよ、かれんさん。自分は恋人がいるのに、誰にでもいい顔してみせたりして。和泉くんも中沢さんもキープして、おまけにマスターまであの人のこと大事にして……みんな、なんにもわかってないのよ。かれんさんなんてただの八方美人じゃない」

「よせよ」

思わず口調がきつくなってしまった。でも、星野はやめなかった。

「私が和泉くんのこと相談したときだって、協力してくれるだなんて調子のいいこと言ったくせに、嘘ばっかりなんだから」

「星野」

「そうよ、和泉くん知らないでしょ？　そのときかれんさん、私に言ったんだからね。これ以上、和泉くんに期待もたせないように努力してくれるって。それってつまりは、和泉くんの完全な片思いってことじゃない」

「よせったら」

「いくら和泉くんがあの人のこと好きだって望みなんかないんだから。だいたい、ぜんぜん釣り合わないじゃない。五つも年が離れてて、うまくいくはずなんか、」

「よせって言ってるだろ！」

ビクッと星野が黙った。

傷ついた目を見ひらき、震える唇で、

「……なによ」

とつぶやく。

次の瞬間、彼女は一歩前に出たかと思うといきなり僕の首に抱きついてきた。慌てて顔をそむける寸前、唇と唇がさっと触れ合う。ふりほどこうとしても彼女の腕はしっかりと巻きついていて、僕は首の後ろに手をまわして彼女の腕をつかみ、力ずくでほどきながら突き放した。後ろへよろけた星野が踏みとどまり、唇をかんで僕を見つめる。

そのときだった。視界の隅に水色のものが映って、僕ははっと顔を上げた。

ドア四つほど向こうのエレベーター前に立っていたのは、かれんだった。彼女は茫然とそこに立ちつくしていた。目にしているものが何を意味するのかわからないでいるような困惑した顔で。

視線が合う。かれんの唇が、泣きそうにゆがんでいく。

「ち、違うんだ、かれん……」

言いかけたとたん、彼女がさえぎった。

「うそつき」

つぶやくような声だったのに、その一言は僕の心臓にグサリと突き刺さった。とがった氷柱《つらら》で壁に打ちつけられたみたいな気がした。

うそつき。

そう言われても仕方ない。あの日、誰もいない夏の砂浜で、僕はかれんにはっきり約束したのだ。二度と彼女以外とはキスしない、と。

エレベーターのドアが閉まりかける。その瞬間、かれんはくるりと身をひるがえして中に飛びこんでしまった。

「待ってってば、かれん！」

ウイィィーンとエレベーターが動き出す音がして、追いかけようとしたのに腕を引き戻された。

「放せよ！」ふり向きざま、星野の手をふり払う。「お前、いいかげんにし……」

言葉は、宙に浮いた。

ごくり、と喉《のど》が鳴る。

星野の涙を見るのは、これが初めてだった。いつもははしゃいでばかりでうるさいくらいなのに、彼女はいま、声もたてずに泣いていた。

「どういうこと？　どうしてかれんさんがあんなこと言うわけ？　嘘つきって、何が嘘つきなの？」

あごの先にたまったしずくが、赤いセーターの胸にぽとりぽとりと落ちる。

「ううん、そんなことどうでもいい」洟《はな》をすすりあげながら、星野は言った。「それより和泉くん、お願いだからはっきり答えて。私には……ぜんぜん望みはないの？　どんなに待ってても、可能性のかけらもなし？」

「………」

たった今、自分が激情のままに星野に何を言おうとしたかを思うと、僕は自分への嫌悪感でぞっとする思いだった。

星野を責めてどうなるというのだろう。彼女はただ、僕に対する気持ちを懸命に伝えようとしただけだ。僕があの展望台の上で、やむにやまれずかれんに告白したときと同じように、星野だって僕に告白するにはものすごく勇気がいったに違いないのだ。

悪いのは、星野ではなかった。根本的な原因は僕にある。僕が煮えきらないから、星野もかれんも、両方を傷つけることになってしまったのだ。誰も傷つけたくなくて、つい両方に優しい顔を見せてしまっていたけれど、そんなの優しさでもなんでもない。結局僕は、自分に優しかっただけじゃないか。

「星野」

肩がぴくりとする。

僕は、思い切って言った。

「ごめん。俺、やっぱりダメだ。どうしても、あいつの……かれんのことしか考えられない。悪いけど、あきらめてくれる」

涙をふきもせずにつっ立ったまま、星野は長いこと僕を見つめていた。

僕は、目をそらさないで耐えた。よっぽど今ここで、かれんとは九か月も前からつき合ってるんだと打ち明けてしまいたくなったけれど、いまの星野がそれを聞いたらもっと傷つくんじゃないかと思うと言えなかった。

やがて彼女は、くるりと僕に背中を向けてポケットから鍵を取り出した。自分の部屋のドアに差しこみ、押し開ける。そして、顔を伏せたまま、小さい声で言った。

「……ばかだよ、和泉くん」

パタン、とドアが閉まった。

——僕もそう思う。

7

家に戻ってからの三日間、かれんと僕はまったく顔を合わせなかった。

というのも、スキーから帰ってきて車から降ろした荷物を家に運び入れ、僕がとりあえず近所のスーパーで晩飯の材料を仕入れて戻ってきたときには、かれんはすでにどこかへいなくなってしまっていたからだ。丈さえも気がつかない間のことだった。スキーに持っていった着替えのバッグがそのまま、一緒に消えていた。

心配のあまり晩飯の用意さえ手につかない僕を横目で見ながら、丈はあきれたようにため息をついた。

「何があったか知らないけどさ。姉貴だって一人前の大人なんだから、そう心配することないって。たとえどんなことがあったって、自殺なんかする玉じゃないしさ」

変なことを言い出されたせいで、よけいに心配が増す。

「大丈夫だっつーの。着替えまで持ってくってことは、気持ちがしっかりしてるってことじゃん。きっと勝利の顔が見たくなくて、友達のとこにでも行ったんじゃねえの」

こんな年の瀬に、いったい誰のところへ行ったというのだろう。家族と一緒に住んでいる友達という線はまずありえない。かれんがそんな非常識なことをするはずがない。とすると、一人暮らしの友達……たしか中沢は一人で暮らしてたはずだと思いかけ、僕は唇をかんだ。いちいちこんなことを考えているから、愛想を尽かされるのだ。

かれんから電話がかかってきたのは、その夜の七時すぎだった。

（黙って出てきたりして、ごめんなさい）

と彼女は言った。

（でも、心配しないで。二、三日、一人になりたいだけだから。……それじゃ）

「待てってば」思わず、すがるみたいな口調になってしまった。「今どこにいるんだよ。俺もそこへ行くよ」

かれんは受話器の向こうで、フッと寂しそうに笑った。

（だめ）

「かれん！」

電話は、プツリと切れた。

あの夜、星野りつ子が部屋に入ったあと、僕はかれんをさがしてホテルじゅうを走りまわった。

みんながいる卓球室にも行ってみたし、ラウンジにも休憩室にも地下のゲームセンターにも行った。バーやレストランや、はては女風呂のまわりまでうろうろした。他の階もくまなくさがしたし、ホテルの外にも出てあたりをさがしてみた。それでも、かれんの姿はどこにもなかった。

外から戻ってみると、卓球室のみんなはいなくなっていた。おそらくかれんも部屋に帰ったのだろう。

でも僕は、彼女の部屋のドアをノックすることができなかった。ノックしたって出てくるのは京子ちゃんに決まっているし、そうなると何をどう切り出せばいいのかわからなかったのだ。

ほとんど眠れないまま朝を迎え、翌日、僕らは昼すぎにホテルを発《た》った。車の前に集まったとき、かれんは目の下にくっきりとくまを作り、星野はといえばまぶしいわけでもないだろうにサングラスをかけていた。

二台の車に分乗する段になって、京子ちゃんが、来るときとは違うメンバーにしようと言い出した。

胃に穴があくというのはああいうことをいうのだろう。車が二台しかないことを思い切り恨《うら》んだが、今さらどうしようもない。

みんなが荷物を積み込むのを手伝いながら、僕はいつまでもぐずぐずしていた。星野と一緒の車で帰るのは耐えられそうにないが、かれんはかれんで僕のほうを一度も見てくれない。だからといって、僕とは別の車に彼女たち二人が乗ることを考えるとあまりに恐ろしい。どうすればいいんだ……と迷っているうちに、結局、こともあろうに三人そろってアンパンマンのワゴン車に乗るはめになってしまった。

三時間ほどかけて帰る間、僕らはほとんど一言も言葉を交わさなかった。一緒に乗った原田先輩も、もちろん運転していたアンパンマンも、途中から雰囲気を察して静かになってしまい、車の中にはラジオだけがひたすらにぎやかに響いていた。

能天気なＤＪのおしゃべりがありがたかった。

家出していたかれんがようやく戻ってきたのは、三日目の大晦日《おおみそか》の夜のことだった。九時をまわって、丈が「紅白」にチャンネルを合わせ、僕が時計を見ながら今日も駄目だったかとあきらめかけたとき、外の門がカシャンと音をたてたのだ。

丈が見ているというのに取り繕《つくろ》うことも忘れてリビングを飛びだすと、かれんが玄関のドアを開けたところだった。その背後から、凍るような風が入ってくる。今にも雪が降りだしそうなほどの冷えこみだった。

ドアを閉め、かれんが黙って靴を脱ぐ。

「……男二人で年越しかと思った」

やっとの思いで僕がそう言うと、かれんは少しだけ微笑んだ。

「ごめんね」

まだ無理していることがありありとわかる、泣き顔に近い微笑みだった。

「風呂、沸いてるけど」

「……うん」

「俺らはもう入ったから」

「……うん」

かれんは、鴨川のおばあちゃんのところに泊まっていたのだった。あの老人ホームにはボランティアの人たちのために小さな和室が二つほど用意されていて、彼女が泊まったのもその部屋だった。大学時代ボランティア・サークルにいた彼女は、どういうふうにお年寄りに接すればいいかをよく知っている。三日間泊まっている間もたぶん、自分のおばあちゃんの世話だけでなく、まわりのお年寄りみんなの話し相手になったり、スタッフを手伝ったりしていたのだろう。

でも、それ以外の詳しいことを、かれんは何も話してくれなかった。とりあえず風呂に入って出てくると、台所で水を一杯飲んだだけでまた二階へ上がってしまい、それっきりもう下へは下りてこなかった。

僕は、丈の隣に座って、「紅白」を終わり近くまでぼうっと観《み》た。歌は耳もとを素通りしたし、司会者の言葉は頭に入らなかったけれど、少なくとも時間つぶしにはなった。

点数の集計が始まったところで、台所に立って年越しそばを作り始めた。おふくろが昔よく作ってくれたニシンそばを、とりあえず三人ぶん作る。中の一人に食べてもらえなかったとしても、それはそれで仕方がない。

と、リビングが急にしんとした。丈がテレビを消したのかと思ったとたん、

ゴォォォォウゥゥンンンンン…………。

低い鐘の音が響いた。「ゆく年来る年」が始まったのだ。

丼《どんぶり》にゆであがったそばを取り分け、甘辛いニシンの棒煮とネギとホウレンソウをのせ、丈に言ってかれんを呼びにやらせる。

「姉貴ぃ！」階段の下から、丈は大声で呼んだ。「そば食うぞ、そばぁ！」

ゴォォォォウウゥンンンン……………。

かれんはおとなしく下りてきて、台所のテーブルに座った。

内心ほっとしながら、三つの丼に熱々のつゆをかける。しょうゆとカツオだしの匂いが部屋じゅうに広がる。

ゴォォォォウウゥンンンン……………。

丈は勢いよく割り箸《わばし》を割り、頂きますとも言わずに食い始めた。テレビからの鐘の音程が微妙に変わる。別の寺が映し出されたらしい。

ゴォォォォウウゥンンンン……………。

「ちょっとぉ、なんだよこの沈黙」丈が文句を言う。「いいかげんに勘弁してくれよォ」

そう言われても、こんな状態で会話がはずむわけがない。口なんかきいてくれるどころか、かれんは帰ってきてからまだ一度も僕と目を合わせようとしないのだ。

ゴォォォォウウゥンンンン……………。

永平寺《えいへいじ》や知恩院《ちおんいん》など、毎年おなじみの名刹《めいさつ》の鐘がくり返し響くのを聞きながら、僕らは無言でそばを食った。

鐘と鐘のあいまの長い沈黙に、そばをすする音だけがズルズルと響く。丈もさすがにあきらめたらしく、あとは食うことに専念していた。

ニシンを食い終わったあたりで、年が明けた。

「おめでとうございます」

誰からともなくモソモソと言ったものの、言葉だけが妙に浮いて、しらけた空気が漂っただけに終わった。

いちばん先に食べ終わったのは、やっぱり丈だった。一気につゆまで飲みほすと、「ハイ、ごっつぁんでした」さっと椅子から立ち上がって、彼は言った。「んじゃオレ、出かけてくるから」

「え?」びっくりして僕は顔を上げた。「どこ行くんだよ、こんな夜中に」

「何言ってんの、初詣《はつもうで》に決まってるじゃん。合格祈願ってことでさ、クラスのやつらと集まることになってんだわ」

言いながらスタスタと自分の部屋へ向かい、丈は黄色いスキージャケットを取って戻ってきた。

「勝利、ちょっと」

と、あごをしゃくる。

「なに」

「いいから」

促されるままあとについて玄関まで行くと、丈のやつはめずらしくまじめな顔で僕に耳打ちをした。

「朝までってのはたぶん無理だろうけど、少なくとも三、四時間は帰ってこないようにするからさ。そのかわり、ちゃんとケリつけろよな」

「ケリってお前、」

「帰ってきたとき勝利が自分のベッドで寝てなくたって、オレなんにも言わないから」

「ばかたれ」

「いや、冗談じゃなくてさ」丈はドアのノブに手をかけた。「べつに勝利や姉貴のためってわけじゃないよ。これ以上ああいう雰囲気でメシ食わされんの、たまんないからだよ」

「…………」

「カギ、かけときなよね。オレは自分の持ってるから」

ドアを押し開けて出ていった丈が、外で「寒《さ》っびぃー」と悲鳴を上げるのが聞こえる。

自転車を門から出すのにてこずっている音も、やがて聞こえなくなった。

僕は、玄関のたたきにおりて内側から鍵をかけた。ため息をつき、そのまま、上がりがまちにへたりこむ。

簡単に言ってくれるよな、と思った。あれほど露骨に僕を避けているかれんを相手に、どうやってケリなんかつけられるっていうんだ。僕のほうこそ、何を言い出されるかと思うと、台所にさえ戻れないでいるくらいなのに。

あんまり情けなくて、涙さえ出てこない。自分の不甲斐《ふがい》なさを思うと、かえって笑えてくるほどだ。

かれんが僕のことを避ける原因が、あの夜の星野とのことを誤解しているせいだとは思えなかった。うそつき、と言ったからには、星野が僕にキスしたところを、あるいは僕らが抱き合っているところを見たのだろうし、ということは、僕がそのあと星野を突き放したところも見たはずだ。かれんが僕を避けているのは、だから、星野のことで怒っているわけじゃなくて、優柔不断で自信のかけらもない僕にあきれているからなんだろう。当然だ。僕だってあきれ果てている。

それでも、なんとかしてきちんと謝らなくちゃいけないんだと僕は思った。それで許してもらおうとか、言い訳させてもらおうとかそんなんじゃなくて、ただ、かれんを傷つけたことを謝らせてもらわなければ……。でないと、僕はこの先一生、自分自身を許せない。

でも、何から切り出せばいいのだろう？　一言目の言葉を考えるだけで胃がきりきり痛くなる。謝らなくちゃいけないことがあまりに多すぎて、どこから始めればいいのかわからないのだ。いったいどうすれば今のこの思いを、誤解されずにちゃんと届けることができるんだろう。こんなに近くにいるのに伝わらないことがあるなんて……。

ふにゃ、と崩れそうな膝にどうにか力を入れ、立ち上がって台所へ戻る。

テーブルはきちんと片づいていて、かれんはいなかった。

また二階か？　と思ったけれど、そうではなかった。

彼女はリビングのソファに座り、さっきの僕と同じようにぼんやりとテレビを眺めていた。違うのは、画面に何も映っていないことだけだ。

部屋の中はシンと静まり返っていて、庭の木を揺らす風の音がかすかに、ゴオ……と鳴るのが聞こえた。

僕は、そっと入っていった。ソファの後ろに立って、おそるおそる声をかける。

「かれん」

三日ぶりに呼ぶその名前が、たまらなく懐かしく思える。

「かれん、俺さ……」

胸の中にずっと滞《とどこお》っていた本音を、僕は思い切って正直に口に出した。

「俺、怖かったんだ。中沢氏に限らず、いつか誰かがお前のこと奪っていくかもしれないって考えたら、怖くてたまらなかったんだ」

かれんは、向こうを向いたまま何も言わない。

「お前みたいな女が、俺なんかで満足してるのが信じられなくて、どんな言葉でもいいから、確かに信じられるものが欲しくなって、証拠とか、この先の保証とか……でも、お前の言葉だけじゃ安心できなくて……だって、今はそうでも人の気持ちって変わるかもしれないだろう？　それで、あんなふうにいらいらしてばっかりいたんだ」

かれんは黙ったままだ。聞いてくれているんだろうかと不安になりながらも、僕はとにかく続けた。

「バカだよな、ほんとに。先のことばっか考えて、今を大事にするのを忘れちまうなんてさ。ほんとだったら、お前の描いたあの絵を見た時点で、すぐにわからなくちゃいけなかったんだよな。俺たちはあの場所から始まったんだってこと。『未来』ってのは、今のその上に成り立つものなんだってこと。今、俺を好きだって言ってくれるお前を信じられないなら、先の保証も何も、明日までだって一緒にいられっこないのに。……なあ、かれん。お前の言った通りだよ。俺が信じてなかったのは、お前のことじゃなくて、俺自身だったんだ。……っていうか、正直言うと、今でもぜんぜん自信ないんだけど」

　かれんはやっぱり黙っている。

「ごめんな」と、僕は一生懸命に言った。「イヤな思いばっかさせて、悪かったと思ってる。ほんとに、ごめん。でも俺……どうしてもお前でなくちゃ駄目なんだって、星野にはちゃんと言ったから。悪いけどあきらめてくれって、はっきり言ったから。そりゃ、お前がもう俺なんかじゃいやだって言うなら、どうしようもないけど……」

　ずいぶん長い沈黙が流れた。どこかから、かすかに鐘の音が聞こえてくる。ひとつ……そしてまたひとつ。

　と、いきなりかれんがズズーッと洟《はな》をすすり上げた。

　驚いた僕が前へまわりこむと、彼女はいつのまにか、顔をぐじゃぐじゃにして泣いていた。

「ど、どうしたんだよ」僕はうろたえて言った。「なんでお前が泣くんだよ」

「……っと、がま……」

「え？」

「ずっと、」かれんはヒクッヒクッと泣きじゃくり、「ずうっと我慢、してたの」

　鼻の詰まりきった声で言うと、両手の握りこぶしで顔を覆って、ううーっと自分の膝につっぷした。

「ショ……リに、嫌わ、れたかと思っ……て……」

ひとこと言うたびに、肩が激しく震える。

「私、嘘なん……かついちゃっ、たし、『しっかりして』だなん、てあん……あんなひどいこと言った、から、きっ、と怒っ……てるって……もうこれか、ら先、何を言って、も信じてなん、かもらえ、ないんじゃない、かと思って……だから、怖くて逃げ、てたの……ショーリに何か、言われ……そうになるた、びに私のほう……こそ、怖くて」

震えをこらえようと息を止めた拍子にのどを詰まらせて咳《せ》きこみ、彼女はまた泣きじゃくり、すすりあげ、また泣きじゃくった。

僕は弱り切って、おそるおそるその肩に触れた。

「泣ぁくなよォ……。なあ」

隣に腰をおろし、そうしていいのだろうかと少しためらったものの、結局、そっと腕をまわして抱きかかえる。

とたんに、かれんは迷子みたいに本格的に泣きだしながら、僕の首っ玉にしがみついてきた。びしょ濡れの冷たい頬が、ぎゅうっと押しつけられる。

それは、もう一年半以上も前、彼女が春の海辺でマスターへの恋を思い切るために泣いたあのときにそっくりだった。腕の中で震える肩の小ささも、鼻の先をくすぐる髪の匂いも、のどもとにかかる息の熱さも、ほんとうに何から何までそっくりだった。

でも、僕はあのとき必死でこらえたことを、今夜は我慢しきれなかった。彼女の背中をきつく抱きしめ、もっともっと強く引き寄せる。長い髪をかきあげてうなじをあらわにし、そこに唇を押しあてる。何度も、何度もキスをする。

「や、だ……」

と彼女がつぶやく。キスがいやなのかと思ったら、そうじゃなかった。

「ショー、リでなくちゃ、やだ。ほかのひと、じゃやだ。どこへも、行っちゃ、やだ」

「バカだな、行かないよ」たまらなくなって、僕は言った。「行くわけないだろ。なんだよ、三日もどっか行ってたの、お前のほうじゃないかよ」

「だって、一緒にい、たら、ぜったいけんかしちゃ、うと思ったんだもの」

「……星野のことでか?」

こくんとうなずく。

「やっぱり、怒ってたんだ?」

そりゃそうだよなと思いながら訊いたのに、彼女は首をふった。

「ちが、うの。ただ……悲し、かった、の。それと、めちゃくちゃ、やきもち焼い、てる自分が、やだったの」

「……ごめん」と、僕はくり返した。「もう、そんな思いさせないから。誰にでもいい顔なんて、しないようにするから」

「…………ん」

やがて、少しだけ涙のおさまってきた彼女が、小さな、小さな声で言った。

「ショーリ」

「うん？」

「…………」

「どうした」

すると、かれんは静かに腕をほどいて、鼻の先がふれ合うくらいの距離から僕の目をのぞきこんできた。まだ涙のいっぱいたまった瞳で、じっと僕を見つめる。

そして、スッとまつげを伏せ……。

一瞬、僕は何が起こったのかわからなかった。息さえも忘れていた。体が金縛《かなしば》りにあったように動かない。触れている唇だけが、熱く痺《しび》れている。

目を見ひらいて硬直している僕から、やがて彼女は、そっと顔を離した。お互いののどが、ごくりと動く。

……かれん。

そう呼ぼうとしたのに、声にならなかった。

そのかわり僕は、彼女をぐいっと引き寄せて、へし折れるくらいに抱きしめた。たった いま離れていったばかりの彼女の唇がもっと欲しくて、もう一度自分のそれを重ねる。柔らかな唇を荒々しく嚙《か》むと、かれんが震えて歯がかちかち鳴った。

彼女のほうからキスをしてくれたことは、今までにも一度だけあった。でも、そのときは額だったのだ。しかも僕は寝たふりなんかしていた。

面と向かって自分から唇にキスするなんて、星野とのあんなことがなければ、まだずっとずっと先のことだったろう。自分も星野と同じことをしないではいられないほど、かれんは深く傷ついたのだ。どれほどの勇気をふりしぼって彼女がそうしたかを思うと、僕は体が震えて止まらなかった。もう少しで涙までこぼれそうだった。

強く、もっと強くかれんを抱きしめる。こんなにひどい思いばかりさせた僕を許してくれようとする彼女が……それどころか、自分のほうが嫌われたかもしれないなんてばかなことを考えていた彼女が、愛《いと》しくて愛しくてたまらなかった。もう一度こうして彼女に触れることができるなんて、夢なんじゃないかと思った。

息が切れるほどキスをくり返したあとで、ようやく唇を離す。かれんの唇は、僕のキスのせいで、ぷっくりと赤く染まっていた。

しばらくぼうっとなっていた彼女が、我に返って、思いだしたように洟をすする。

僕は、目の前の低いテーブルの下からティッシュを取って鼻に当ててやった。

「ほら、かめよ」

「んー……自分でする」

かれんは、むこうを向いて洟をかみ、思ったより大きな音が出てしまったことにびっくりして照れ笑いをした。泣いたせいでまぶたが腫《は》れて、いつもよりちょっと不細工なその顔までがこんなにいとおしい。

急にソファから立ちあがった僕を、かれんはきょとんと見上げた。

「ちょっと、待ってて」

と僕は言った。

「……ん」

急いでリビングを出て自分の部屋へ行き、僕は電気もつけずに机の引き出しからあの指輪の小箱を取り出した。

体じゅうの力が、ほーっと抜けていく。かれんと言葉を交わすことさえできなかったこの数日間が、どれほど心臓をしめつけていたか、あらためて思い知らされる。

もう、二度とこんな思いはいやだと思った。かれんにこういう思いをさせるのも、もう絶対にいやだ。これから先、誰か別の男が現れるたびに、いちいち苛立《いらだ》って彼女を傷つけたりするわけにはいかないのだ。

それには、僕がもっと強くなるしかない。強くなって、自分に自信を持つしかない。そうしなければ何一つ変わらないし、守ることもできないし、かれんさえいつか失ってしまう。自分こそが彼女にぴったりだという自信がまだ持てないなら、なおさら、弱音なんか吐いている場合じゃない。一日も早くかれんにぴったりの男になれるように、僕自身が頑張るしかないのだ。

小箱を手に、部屋を出ようとした……そのときだった。

ふと気配を感じて、僕は暗い窓に目をやった。

――雪?

窓に飛びつき、がらりと開け放つ。

やっぱりそうだ。

舞い落ちてくるのは、大きなぼたん雪だった。冷たい氷の花びらと一緒に、清潔な水のような匂いが流れこんでくる。

あたりの屋根や地面をすっぽりと覆い隠して、雪はいつのまにかずいぶんたくさん積もっていた。隣の家の自転車の上や、犬小屋の屋根にも積もっている。塀の上にも、街灯の笠《かさ》にも、植木や、車や、ポリバケツのふたにも。いつもは雑然としているはずの風景が白一色に統一されて、別の国かと思うほど美しく見える。東京の雪景色も、そう捨てたもんじゃない。

丈は大丈夫だろうかと思い、出ていくときのやつの言葉を思い返して苦笑してしまった。まあ、あいつのことだからなんとかするだろう。この期《ご》に及んで雪道で滑ることを気にしてやる必要はなさそうだし。

すべての音を包みこんで降るせいで、あたりはどこまでも静かだった。それでいて、耳をすませば、雪が落ちてくるかすかな音が聞こえる気がした。そう、まるで、銀の針が空気を縫うような音が。

かれんと二人、温かな部屋で抱きあって、空から落ちてくる雪がひとひらひとひら積もっていく気配にただじっと耳をすませる時間……。

言葉より、約束より、お互いの間にゆっくりと降り積もるそんな時間の重なりを、信じていけばいいのだと思った。

銀色のリボンのかかった小箱を、そっと握りしめる。
そうして僕は、この雪をかれんに教えてやるために、大きく息を吸いこんだ。

最初のあとがき

はい、またしてもお久しぶりの第四巻であります。

ずっとずっと待っていて下さった皆さま、どうもありがとう。初めてお目にかかる皆さま、大丈夫、この巻から読んでも話はわかるようになってます（もちろん一巻から読んでくれたらもっと嬉《うれ》しいけれどね）。

今回は諸般の事情により、全体の六割ほどにあたる後半部分のお話、『GOOD FOR YOU』を書き下ろしました。「そうでもしないと第四巻が出るのはまたずっと先になりますよ。せっかく楽しみにしてくれてる読者を二年以上も待たせることになりますよ。それでもいいんですか」と、オヒゲの担当さんから脅され……じゃなくて泣き落とされ……じゃなくて、ええとええと、説得されてのことであります。でも実際、こうして忘れずに読んで下さる人たちがいるという手ごたえが感じられるからこそ、書き続けていられるのだと思います。あらためて、お礼を言わせて下さい。ありがとう。

私の近況はといえば、去年の夏はＮＨＫ・ＢＳのリポーターの仕事でイギリスへ。秋口から今年の春にかけては『夜明けまで1《ワン》マイル』という小説の出版を機に、東京・大阪・神戸・群馬や長野などでサイン会をしてきました。たくさんの人と会えて、少しずつだけれどおしゃべりできたのが何より嬉しかった。この先またそういう機会があったら、皆さんも遊びに来てね。

そうして、来月からはまたしても、旅です。やはりNHKの仕事で、こんどはロシア。ユーラシア大陸を横断する世界最長のシベリア鉄道に乗って、ペテルスブルクからウラジオストクまで……普通に乗っても一週間かかるのだけど、撮影があるから三週間以上かかるでしょうか。自分でも物好きだと思うけど、ロシアはいつか訪ねてみたかったことだしね、はりきって行ってくるとします。今回も、無事を祈ってて。

さて――この『雪の降る音』は、ある意味で、勝利とかれんにとっての一つのターニングポイントと言えるかもしれません。今までのストーリーとは何かが変わってきたように感じる人がいたとしたら、それはおそらく、勝利とかれんのそれぞれが、人間として少しずつ変わっていきつつあるからです。

前半の『WE'VE ONLY JUST BEGUN』が「ジャンプノベル」本誌に掲載された時には、特に男性読者から、〈以前のようなポヨ～ンとした頼りないかれんのほうが好みだった〉というお便りを何通か頂きました。その気持ち、とってもよくわかる。私自身も、このシリーズを書く間は勝利の頭で物事を考えているせいか、一人では何にもできない、ドジでグズなかれんの世話を焼いてやるのが大好きだったから。

でも。

本当に、それだけでいいのかな、とも思うのです。たっぷり甘やかすこと＝《イコール》たっぷり愛してること、なのかな。その人のためを思ってしたつもりのことが、じつはその人をだめにしてることって、あるんじゃないのかな。この人はオレが（ワタシが）いなくちゃ何もできないんだと思うのは気持ちいいけど、時にはあえて、そのままじゃだめだよ、一人でできるようになりなよ、きみならきっとできるよ、と言ってあげることのほうが、正しい愛し方だったりするんじゃないのかな……。

これは別の小説にも書いたことなのだけれど、大事なことだと思うから、もう一度ここに書きます。人は、基本的に一人です。生まれてくる時も一人だし、死ぬ時もたった一人です。どんなに愛している人と抱き合ったとしても、その人のすべてを理解するなんてことは不可能なのだし、あなたの苦しみや悲しみをその人がすべて理解してくれると思うのも、幻想にすぎません。相手が傷ついているのを見て、どれほどその傷を肩代わりしてあげたいと思ったところで、それは無理。だって、あなたはその人じゃないし、その人はあなたじゃないんだから。人間はみんな、一人ぼっちなんです。

勝利の腕の中で、かれんがこう言いましたよね。

「二人のうちどちらか片方でも、自分一人で立ってられないような人間だったら、そんなの、恋愛じゃないでしょ？」

その通り。それは「恋愛」ではなくて、ただの「依存」であり「もたれ合い」にすぎません。

そういう考え方って、寂しいと思いますか？　でも、そうした覚悟をきめない限り——つまり、一人ひとりがそれぞれ別々の人間なのだから、自分の足で立ち、自分の力で何とかするしかないんだ、というところから出発しない限り——あなたと、あなた以外の誰かがほんとうの意味で関わりあうことなんてできっこないのです。

勝利にも、かれんにも、そのことがようやくわかってきたみたいです。

欠点《マイナス》を補い合うだけじゃなくて、長所《プラス》も伸ばし合える関係。相手が「できない」と思いこんでしまっていることを、「できるかもしれないよ」と言ってあげられる関係。そういう人間関係って素敵だし、恋人同士でそれができたなら、もっと素敵だと思いませんか？

勝利よ、ガンバレ。私はきみに期待しているぞ。

もちろん、みんなにもね。

最後になりましたが、オヒゲの担当・八坂さま。いつも素敵なお声での原稿催促、ありがとうございます（↑伊武雅刀似のイイお声なのよ～）。〆切りやら枚数やら、毎度無理ばかりお願いしてすみません。反省しています（が、またお願いすると思います）。

あ、それと、前回のあとがきに「電話を留守電にしてオヒゲの担当さんから逃げまわっている」なんて書きましたけど、あれは単なる冗談ですからね。留守電の時は、ほんとに留守なんですからね。ドキドキ（↑お声は素敵だけど、お顔は怖いのよ～）。

と、いうわけで。

第五巻が「いつになるか」は例によって未定ですが、「どんなふうになるか」は、だいたい決まっています。私もいっしょうけんめい書きますから、皆さんも、いっしょうけんめい待っててね。

ではでは、また会える日を楽しみに。

一九九九年四月　心からの感謝をこめて

村山由佳

P・S　お便り待ってるからねー。

文庫版あとがき

こんにちは！　お待たせの第四巻です。これまでは毎年、集英社文庫のナツイチにラインナップされていた「おいコー」シリーズですが、今年はわけあってこんな時期になりました。

夏に出なかったのを心配してくださった読者の方たちから、文庫編集部はもとより集英社のHPや私個人のHPにも本当にたくさんのお問い合わせを頂いて、びっくりすると同時に、心から嬉《うれ》しく、励まされる思いがしました。ありがとう。

じつは、今回の『雪の降る音』の刊行が秋になったのには、二つのわけがありました。一つめはとても単純なこと。タイトルからして冬丸出しの、クリスマスから大晦日《おおみそか》にかけての物語を真夏に出すというのも何だかなあ、と思いまして……。え？　南半球じゃクリスマスは真夏だ？　ま、まあそうですけどね、でもほら、やっぱり日本の季節感を大事にしたいじゃあないですか。(汗)

で、ですね、もう一つの理由は、私にとってはもっと切実なことなのでした。今年の夏は、どうしても皆さんに長編小説『翼』を読んでもらいたかったのです。というのも、じつはこの物語は、私が高校生の頃からずっと温めていた（つまり、最も書きたいと願っていた）作品だったからなのでした。

当時、授業中に先生の目をかいくぐりながら大学ノートに書きつづっていた小説も、『翼』と同じくアメリカ西部を舞台にした冒険恋愛ものでした。そこにはやっぱりネイティヴ・アメリカンと白人の混血である男性が登場していて、そのキャラが原型となって誕生したのが、『翼』の中で重要な役割を果たす〈ブルース〉です。ちなみに彼（ナヴァホ族の血を引く、ぶっきらぼうだけれど本当は優しいタフガイ）のことを、私は、自分の産みだした男性キャラの中でも一、二を争うくらい気に入っています。一方、つらい心の傷をかかえながらも、決してそれに屈することのない主人公〈篠崎真冬〉はある意味、私にとっての理想、かな。頑固さや弱さもひっくるめて、書きながら彼女がとても愛《いとお》しかった。

手に汗握る波瀾万丈《はらんばんじょう》のストーリー……だなんて、自分で言うのも変だけれど、でも、これまで私が書いてきた中ではおそらく一番スケールの大きな作品だと思います。せつなさの質としては『天使の卵』、物語の色調は『野生の風』に近いものがあるかもしれません。そう、「おいコー」の世界をテレビの連続ドラマにたとえるならば、『翼』はきっとハリウッド映画。それでも、読みながら主人公の恋や、別れや、危機や、心の成長に感情移入して、笑ったり、せつなくなったり、思わず泣いたり、勇気が湧《わ》いたり――そういうところは、〈うーん、やっぱりムラヤマユカの世界だ〉と感じて頂けるのではないかなあ。と、いうわけで、いつも「おいコー」シリーズをご愛読下さっている皆さん。皆さんを夏じゅうお待たせしてまで、どうしても先に文庫化したかった小説『翼』のほうも、どうぞ、ためしに読んでみてやって下さい。

分厚いけど、大丈夫です、面白いから。

――えー、ところで。前回から恒例になった（?）、〈ムラヤマ昔語り〉であります。

今回のタイトル『雪の降る音』というのを見て、ふん、雪に音なんかあるんかい、と思われた方もいるのではないでしょうか？　でも、あるんだなあ、これが。聞こえる音ばかりが〈音〉ではないのだよ。

以前、私は信州の山ぎわに住んでいたことがありました。真田幸村《さなだゆきむら》の里、十勇士伝説の残る町です。冬場は毎朝、除雪車の轟音《ごうおん》で目を覚ます生活。築五十年以上の、断熱効果などまるでない木造家屋に暮らしていたせいか、外の気温が零度をぐっと下回る日には、冷蔵庫を開けると中からの風があったかく感じられるほどでした。おまけに昔ながらの古い家ですから、お風呂は毎日、薪《まき》で焚《た》くのです。凍りそうな水がお湯になるまで二時間。私が焚き火上手になったのは、あのサバイバルな日々のおかげじゃないかと思います。

そのころ、私は町役場で有線放送のアナウンサーをしていました。冷え込む早朝や夜、バイクを走らせて通うのはかなりつらくて、手袋やイヤーマフをしていても、凍った指先や耳が痛くてちぎれそうでした。

でもそんな中で、いまだに覚えている美しい光景があります。三日ほど雪が降り続いて、ぱっと晴れ上がった日の、夜。夏の間は濃い緑色に、秋には黄金色《こがね》に揺れていた田んぼが、足跡ひとつない雪野原に変わり、その上にはおそろしいほど巨大な満月が。月の光だけでも本が読めるくらい明るいのに、一面の雪原が光の粒子のひとつひとつを拡散させて、あたりは、青い真昼とでも呼びたいような神秘の世界でした。雪が降る〈音〉もあるけれど、雪原に降り注ぐ月の光にもまた別の〈音〉があるんですね。うん、あれはちょっと忘れられないな。

さて、一方……雪がない季節は楽かというと、それはそれでまたいろいろあるんです。夏の間は町役場まで、運動をかねて自転車でキィコキィコ通っていたのだけれど、何しろ田舎道《いなかみち》ゆえ街灯なんかろくになくて、あるとき、月のない夜に人っ子一人いない坂道を上りながら息が続かなくなって自転車を止めたら、あたりからふいにのしかかってきたのは漆黒《しっこく》を煮詰めたような闇《やみ》。行く手に目を凝《こ》らそうが、ふり返ろうが、ほんとうに真っ暗で何ひとつ見えないのです。自分の手も、鼻さえも見えないのです。闇そのものに押しつぶされて息も出来ないくらいなのです。

この時襲ってきた恐怖を、何といったらいいんでしょう。とつぜん私は、何ものかに追われるように、自転車をぐいぐい押して走り出しました。半泣きでどうにか坂の上まで押し上げると、足がもつれて転びそうになりながらまたがり、必死に、闇雲《やみくも》にこぎ続け……ようやく表通りにたどりついて車の明かりを目にした時には、力が抜けてその場にへたり込んでしまったほどです。それは本当に、原始的としか言いようのない恐怖でした。

いま、私たちはほとんど、本物の闇というものを目にしませんよね。日本人はとくに蛍光灯をよく使うから、夜でも部屋は隅から隅までこうこうと明るい。

確かにそれは便利なことではあるのだけれど、でも、思うんです。生活の中から闇を追い出してしまうのと同時に、私たちは何か大事なものまで一緒に追い出してしまったんじゃないか、と。つまり……この世のものでないものが棲《す》める空間と、目には見えないけれど確かに存在するものに対する畏怖《いふ》、の両方を。そうして、そのぶん、確実に思い上がっていった気がします。見えないものへの畏《おそ》れを忘れると、人は傲慢《ごうまん》になるよね。

だから、あの漆黒の闇体験は結果として、長い都会生活の中ですっかりナマクラになっていた私の中にいくばくかの謙虚さというものを呼び戻してくれた、貴重な体験だったのでした。

だけど、そうか、こうして考えてみると、たとえば『もう一度デジャ・ヴ』という作品のテーマの一つである〈目に見えるものだけがすべてではない〉という思いや、あるいは『翼』の中にも描いたネイティヴ・アメリカンの考え方への共感などはどれも、私が物書きを始める前に経験した信州の自然の中での生活と、どこか深いところでつながっているんですね。うーん、面白いものだねえ。あのとき信州で暮らすことを選んだのは、いろんな事情と偶然と気まぐれな選択とが合わさった結果でしかなかったはずなのだけれど、その時は何の気なしに選んだつもりの道でも、あとになってふり返ってみると、選ぶべくして選んだんだってことがはっきり見えてくる……そんなこともあるものなんだねえ。

そういえば、いちばん最近出した『晴れ　ときどき猫背』(我が家の猫や馬などとの生活を綴《つづ》ったエッセイ集)にも、私は、こんな言葉を書いたのでした。

〈人生あみだくじ〉

これは、決して、一つ選んだらそれで終わりという意味じゃないんです。本気で何かを変えたいと思ったら、ただ迷っているだけじゃ駄目。どこかの時点で思いきって、目の前にある選択肢の中からたった一つを選ぶしかないんだ、ということなんです。そうして走り出さない限り、次の曲がり角も、新しいチャンスもめぐって来やしないものね。

たった一つを選ぶからには、その時点で、ほかの可能性をすべて捨て去ることになります。けれど、選んだその先にも、またその先にも分かれ道は次々にめぐってきて、可能性はどんどん広がっていくはず。生きるということは、死ぬまで、あみだくじを自分の意志で引くことの連続なんだと（あるいはそうあるべきなんだと）、私は思います。

とは言うものの、ねえ。選択をくり返していった先の〈なりたい自分〉はある程度イメージできたとしても、出発点である〈今現在の私自身〉をきちんと見据えるのが、難しいんだよねえ。ふう。

新しいことを知れば知るほど、今の自分がいかに何も知らないかが見えてくる。どうやら私自身も、足元を見直さなくちゃいけない時機が来ているみたいです。

さしあたっては、そうだなあ。〈本当だとすっかり信じこまされている嘘〉の裏にある〈真実《ほんとう》のこと〉――を、探って知って、自分の頭で考えることに、時間をかけたいな。そうして、知ることによって強くなりたい。不用意に誰かを傷つけないで済むくらいに、ね。

――あなたは？

二〇〇二年　晩秋の鴨川より　愛をこめて

村山由佳

この作品は一九九九年四月、集英社より刊行されました。

集英社文庫

雪《ゆき》の降《ふ》る音《おと》　おいしいコーヒーのいれ方《かた》IV

2002年11月25日　第1刷
2005年11月26日　第17刷

定価はカバーに表示してあります。

著　者　村《むら》　山《やま》　由《ゆ》　佳《か》

発行者　加　藤　　　潤

発行所　株式会社　集　英　社
東京都千代田区一ツ橋2—5—10
〒101-8050
(3230) 6095（編　集）
電話　03 (3230) 6393（販　売）
(3230) 6080（読者係）

印　刷　大日本印刷株式会社

製　本　大日本印刷株式会社

Printed in Japan

ISBN4-08-747508-5 C0193